梓 林太郎

爆裂火口

東京・上高地殺人ルート

実業之日本社

実業之日本社文庫

目次

一章　遺言

1

　ゴールデンウィークの明ける「こどもの日」——安曇野《あずみの》には夕方から、薄墨のような色の雲が広がり、夜はなまぬるい風が吹いた。

　長野県警豊科《とよしな》署の刑事・道原伝吉《みちはらでんきち》が寝床に入った直後、電話が鳴った。いやな予感がした。

　妻の康代《やすよ》が受話器を上げた。

「会社の牛山《うしやま》さんからです」

　康代は呼んでからふすまを少し開けた。家族で署のことを「会社」と呼んでいる。

　牛山刑事は宿直のはずだ。

「こんな時間にすみません」

牛山は野太い声でいった。

警視庁から連絡があり、新宿警察署歌舞伎《かぶき》町交番に、頭から血を流し、泥酔した男が入ってきた。その男は交番の警官に、「上高地《かみこうち》の近くの山林に、男を殺して埋めた」といってから、倒れたという。

「課長に連絡したか？」

道原はきいた。

「しました。課長は、すぐ、伝《でん》さん、いえ、道原さんに知らせるようにといったものですから」

「泥酔した男は、ほかになにかいったのか？」

「すぐ近くの病院に収容されたということですが、それ以外のことは、まだ分かっていません」

人を殺して、豊科署管内の山林に埋めたとは、ただごとではない。

「伏見《ふしみ》君に連絡してくれ」

道原は、パジャマを脱いだ。

牛山から電話を受けた伏見刑事は、車で道原を迎えにくるだろう。

服装をととのえている間に、康代はコーヒーをたてた。香ばしい匂《にお》いが部屋にただよった。

食卓で一口飲んだところへ、車のとまる音がした。

「ご苦労さま」

康代が玄関を開けた。

「いい匂いがしてますね」

伏見は上がってきた。

康代は、伏見のぶんをすでに用意していた。彼は白いカップの縁を拭いた。

「歌舞伎町交番へ入ってきた男の、怪我《けが》の状態が気になりますね」

伏見がいった。

外は湿った風が吹いていた。肌がじめつく感じだ。

伏見の運転する車のライトは、白っぽく見える道路を掃《は》いて走った。ほかに車はほとんど走っていなかった。オレンジ色の街灯がポツンポツンとあるだけで、月も星も見えない暗い夜である。

署の二、三か所の窓に灯が入っているが、無人の館のように静まり返っていた。

刑事課《デカベヤ》に入ると牛山が、「ご苦労さまです」といって、椅子《いす》を立った。

道原は、牛山が差し出したメモを見て、警視庁新宿署の川島《かわしま》という刑事に電話を入れた。

川島の話によると——午後十一時四十分ごろ、四十代前半に見えるスーツを着た男が、歌舞伎町交番へ倒れ込むように入ってきた。そこにいた警官は、酔っぱらいだろうと思ったが、男の頭から流れた血が顔にも首筋にもつたわっていた。

それを見て警官は、喧嘩《けんか》か交通事故に遭《あ》ったのではないかと判断した。

隣接地が都立大久保病院だが、ただちに救急車を要請した。男に名前をきいた。

「ゴダイです」と男は答えると、苦しそうに喉元《のどもと》を押さえて横になった。

「どうしたんですか?」警官はきいた。が、その質問に男は答えず、「おれは、男を殺した」といった。

交番にいた三人の警官は顔色を変え、どこで殺したのかと質問した。

「上高地です」

「上高地というと、長野県の?」

「そこの近くの林に……」

「上高地の近くの林で、男を殺したのかね?」

「林の中に、埋めたんだ」

男がそう答えたところへ、救急車が到着した。

交番からの通報でパトカーもやってきた。

怪我をした男の上着の裏には、「五代《ごだい》」のネームがあった。

救急隊は男を、大久保病院へ収容した。

警官は、男の言葉を重くみて、署の刑事課に連絡した。

刑事は病院へ急行し、応急手当を受けている男のベッドへ近寄った。処置をしている医師は、頭を何か所か強打しており、きわめて危険な状態だと刑事に答えた——

「現在も応急処置がつづけられています」

川島は答えた。

「その男の怪我の原因はなんでしょうか?」

道原はきいた。

「喧嘩の可能性があります」

「頭を殴られたんですね?」

「そのようです」

「男から、人を殺して埋めたという話を、詳しくききたいものですね」

「処置室にテープを持って行っています。男は、うわ言のようなことを、ときどきいっているようです」

それを録音しているという。

「殴られただけでなくて、酒に酔っているんですね?」

「かなり飲んでいるようです」

だから警官は、酔ったうえでの喧嘩とみたのだろう。

豊科署管内で、身元不明の遺体でも発見されているかと、川島はきいた。怪我をした男のいっていることに思い当たる事件が起きているかという意味だ。

「いいえ。まったく」

道原は答えた。

川島との電話を切ったところへ、四賀《しが》刑事課長から掛かってきた。課長も寝ていられなくなったのだろう。

道原は、川島からきいた話を伝えた。

「伝さん。怪我をした男のいっていることが気になるねえ。東京へ行く準備をしておいたほうがいいと思うが」

「一時間もしたら、もう一度、川島さんにようすをきいてみます。その返事によって、上京を考えます」

午前一時を過ぎた。道原は川島に電話した。

怪我をした男は、正体なく眠っているという。

「眠る前に、なにか喋《しゃべ》っていますか?」

「なにしろ酔っていますから、いっていることがはっきりきき取れませんが、『カズコ』……人の名前だと思いますが、カズコがどうのこうのといったということです」

「容態はどうでしょうか?」

「依然として危険な状態には変わりありません」

「男は、身元の分かる物を持っていたのですか？」

「持っていたが、加害者に抜き取られたのか、上着のポケットに百円ライターが一つ入っているだけで、財布も名刺入れも持っていません」

したがって、「五代」という苗字《みょうじ》だけでは、すぐには身元をさがし当てることは困難だという。

「カズコは、細君の名ではないでしょうか？」

道原はいった。

「私もそう思いました。あすの朝、五代カズコ名で、都内の各区役所へ照会します」

「その後、上高地とか、人を殺したことは口にしていませんか？」

「していません」

「男の服装などから、職業の見当はつきませんか？」

「普通のサラリーマンではなさそうです。グレーの地に紺色の縞《しま》の入ったスーツを着ていますが、洋服はかなり高級品のようです。黒の靴も同じです」

「もしかしたら、スーツは注文品ではないでしょうか？」

「そう思います。都内の名の知られた洋服店のラベルがついていますので、その店から身元が判明することも考えられます」

道原は自宅に電話し、康代に東京へ出張するから、スーツと、ボストンバッグにワイシャツと下着を入れておいてくれるようにといった。

伏見はいったん帰宅する。出張の準備をととのえ、道原の自宅に寄って、洋服やバッグを持って署に戻ることになった。

道原は、牛山に勧《すす》められて、宿直室で仮眠することにした。

窓から外をのぞいた。風はいくぶんおさまったようだが、星は見えなかった。

三時間ほど眠ることができた。

刑事課では伏見と牛山が、机に顔を伏せて眠っていた。

道原と伏見は、松本発一番の特急に乗ることにした。これだと午前九時過ぎには新宿に着くことができる。

2

晴れそうな気配があった。きのうより気温が低い。

道原は食欲がなかったが、伏見は列車に乗ると、松本駅で買った弁当をすぐに広げた。

「若いころは、君のように、いつでも飯が食べられたが」

遠ざかる北アルプスを眺めて、道原はいった。山はまだ雪で白い。谷間には五、六メートルの残雪があるだろう。

道原は四十六歳、伏見は二十七歳である。

「おやじさんも食事して、一眠りしておいたほうがいいですよ」

「そうだな」

道原も弁当の紐《ひも》をほどいた。

食べ終えると、伏見はすぐに目をつむった。彼は署で、椅子に腰掛けてまどろんだ程度だったろう。

八王子《はちおうじ》を過ぎたところで、二人は目を開けた。東京の空は曇っていた。安曇野よりも気温ははるかに高かった。

新宿署の川島刑事は四十歳見当だった。彼も昨夜は署に泊まったらしく、はれぼったい目をしていた。

たがいに名刺を交換して挨拶《あいさつ》した。

「じつは、残念なことですが、怪我人の男は、七時三十五分に死亡しました」

「死んだ……」

道原は下唇を嚙《か》んだ。

「五代」という苗字らしい男は、けさ四時過ぎに目を開け、しばらく苦しがっていた。

怪我をした頭が痛むらしかった。

彼のベッド脇《わき》にいた刑事が、テープレコーダーのスイッチを入れた。言葉はきき取りにくいが、うわ言のようなことを、跡切れ跡切れに喋ったからだった。

そのテープを、小会議室で道原と伏見はきくことになった。

なにをいっているのか不明瞭《ふめいりょう》な部分もあるが、刑事と男の会話はこうだった。

――あなたの名前は？

「カズコだ」

――カズコとは、どなたのことですか？

「おれは……この、この頭を……」

――だれかに殴られたんだね？

「カズコだ」

――カズコという人に、殴られたんだね？

「痛いんだよ」

――あなたの住所は、どこですか？

「ノート。ノート……」

――ノートがないんだよ。ノートを持っていたんだね、ゆうべは？

「…………」

——あなたはゆうべ、男を殺して、埋めたといったが、誰を殺したんだね？

「上高地……」

——上高地のどこに埋めたの？

「捨てたんだ」

——どこなのか、教えてくれないか？

「ロッピヤク……林だ。沢がある」

——ロッピヤクとは、数字ですか？

「沢がある。林だ」

——上高地に、ロッピヤクというところがあるんだね？

「カズコを、さがしてくれ」

——カズコさんは、あなたの奥さんですか？

「…………」

——上高地に捨てたのは、なんという人ですか？

「…………」

意識が朦朧《もうろう》としているらしく、これ以上の言葉をきき出すことはできなかったようだ。

テープには、男女の声と、硬い物の触れ合う音が入っている。医師と看護婦の会話と、医療器具の触れ合う音である。

川島は、昨夜、歌舞伎町交番で頭から血を流して倒れた男と話した地域課の巡査を二人呼んだ。一人は四十半ば、一人は二十代後半だった。

二人は非番で帰るところだったが、刑事課の要請で道原らが着くのを待っていたのだった。

「ゴダイと名乗った男は、長野県の上高地の近くの山林に、殺した男を埋めたといいました」

年配のほうが答えた。

怪我をして交番へ入ってきた男は、酒臭く、何度か吐きながら、やはり跡切れ跡切れに警官の質問に答えたのだという。

小会議室へワイシャツ姿の若い刑事が入ってきた。

「銀座の大黒屋《だいこくや》テーラーへ問い合わせましたところ、『五代』という得意先があって、いままでにスーツを五着作っているそうです」

その男は、「五代和平《わへい》」といって、住所は杉並区下井草《しもいぐさ》。大黒屋テーラーへ六年前に初めてスーツをあつらえ、最後に作ったのは去年の三月だったという。五着とも三十万円台だということも分かった。

大黒屋テーラーで、五代和平の自宅の電話番号をきいて掛けたが、家族が不在なのか誰も出ないという。

新宿署では、五代の住所の所轄署に連絡し、家族構成を照会、家族がいれば連絡してもらいたいと依頼した。

道原は、病院で録《と》ったテープをコピーしてもらうことにした。

「上高地の近くに、ロッピャクという地名のつくところがありますか？」

川島がきいた。

「六百山《ろっぴゃく》という名の山があります」

「高い山ですか？」

「二四〇〇メートル以上あると思います」

「この男は、林とか、沢といっていますね」

「沢じゃないでしょうか？」

伏見がいった。

上高地の河童《かっぱ》橋と明神《みょうじん》の中間地点の梓《あずさ》川左岸側に六百沢がある。男のいうのはそれのことではないか。その沢は鬱蒼《うっそう》たる森林にはさまれている。男は、その沢か森林の中に、誰かを殺して埋めたというのだろうか。

人を殺して埋めたということは、自分の犯行を隠すためだったろう。それなのに、酒に酔ったあげく、一方的に殴られたのか、喧嘩のはてなのか、重傷を負って交番にたどり着き、そこで、人を殺して埋めたと喋った。こんな犯罪者はめったにいないような気がする。

「頭に怪我をした現場は、歌舞伎町交番の近くでしょうね？」

道原は川島にきいた。

「そうでしょうね。歩いてこれたんですから。頭から血を流して歩いていれば、見た者が通報してきそうなものです。死ぬほどの怪我をした本人が、歩いてこれたということは、現場はすぐ近くだと思います」

目下、新宿署では、男が殴られた現場を捜索中という。

五代和平の住所の所轄署である荻窪《おぎくぼ》署から報告が入った。

署員が杉並区下井草の五代の住所へ行った。そこは木造二階建ての家だった。戸締まりがしてあって、誰もいないようすである。公簿によって家族構成を調べると、五代和平は四十二歳。妻汐子《しおこ》（三十八歳）、長男恒夫《つねお》（十歳）がいたが、妻子は昨年九月、立川市に転居している。

近所で聞き込みしたところ、去年秋ごろから妻子の姿が見えず、長男が通っていた区立小学校の同級生の母親にきくと、恒夫は立川市の小学校へ転校したと教えられた。したがって昨年九月以降、五代和平は独居だったもようという。

近所の人は、五代の職業を知らなかった。現住所には約七年居住し、入居当初は不動産会社に勤めているということだったが、最近の彼は、平日の日中、家にいることもあり、日曜日や祝日にスーツを着、乗用車を運転して出掛けることもあった。そのようすから、勤務先か職業が変わったのではないかとみられていた。

妻は温和な感じの人で、両隣と道路をへだてた前の家の人とは挨拶ぐらいはしたが、親しく話したことはなかった。だから五代が勤務先や職業を変えたことも近所の人には伝わっていない。

五代の日常生活は不規則で、昼間家にいて、夕方から出掛け、深夜帰宅することもあった。

この報告を受けると新宿署では、五代汐子の住所の所轄署に連絡した。夫の和平らしい男が、けさ病院で死亡した。本人かどうかの確認をしてもらう旨を伝えてくれるよう依頼した。

これに対しての回答はすぐにあった。汐子は在宅で、新宿署に向かうと答えたという。

道原は、豊科署の四賀刑事課長に、死亡した五代和平が口にしたことを報告した。

「六百沢というところがあるんだね？」

四賀課長はいった。彼は山地のことに通じていない。

「そこを伏見君が知っていました。沢は森林の中です」

「泥酔した状態で喋り、そのまま死亡した人間のいったことだが、信用できそうかね、伝さん？」

「男を殺して埋めたと、繰り返し口にしています。六百沢とその付近を捜索する必要はありますね」

「分かった。準備はしておこう」

電話を切ると、川島が寄ってきて、歌舞伎町の工事現場で、血痕《けっこん》が発見されたという通報が入ったという。

伏見と話し合い、そこへ行ってみることにした。

3

ところどころに灰色の雲が浮いている空から、薄陽が降っていた。

歌舞伎町は夜の街だ。日中のそこには人影が少なかった。

歌舞伎町交番の後ろは白い高層ビルだった。そのビルの一部が大久保病院だ。古い建物だったころの病院を道原は知っている。

何年も前のことだが、事件関係者がそこに入院していた。夜間、その患者に会いに行った。患者から事情をきいたあと、担当医師に会う必要が生じた。看護婦にきくと、担当医師はたまたま宿直だったが、外出していた。すぐに戻るといわれたのに、三十分たっても戻ってこない。どうしたのかと看護婦にきくと、彼女は低声《こごえ》で電話を掛けた。医師の出先を知っていたのだ。

医師は、病院の正門近くの居酒屋にいることが分かった。道原はその店を訪ねた。赤い顔をした医師は、ハンカチで口を押さえた。酒臭さを隠したのだった。急患か、入院患者の容態が急変した場合はどうするのか、と医師にいいたかった。そういう意味では記憶に残っている病院である。

血痕が発見されたところは、ラブホテルにはさまれた工事現場だった。工事は中断しているらしく、白いシートの囲いの中に建材が積んであった。血痕は厚い鉄板の上に点々と散っていた。積んである建材にもしぶきのように飛び散っている。

鑑識係が血痕を布にしみ込ませて採取していた。数人の刑事が、鉄板の上や地面を這《は》うようにして見ている。被害者や加害者の遺留品と痕跡をさがしていた。

「ここで叩《たた》かれたら、人目にはつきませんね」

伏見がいった。加害者にとっては恰好《かっこう》な場所だった。

五代和平と思われる男は、この近くの酒場で飲んでいたのだろうか。きのうは祝日だったから、営業していた店は少ないような気がするが、不夜城のようなこの街には、年がら年中営業している店があるのか。

それを川島にきくと、祝日でも三分の一ぐらいの店は開いている。ホテルや風俗関係の店は年中無休だ。そこを利用する客のために、日曜や祝日でも営業している店があるという。

しかし、そう遠くで飲んでいたということはないだろうから、きょう中にはどこで飲んでいたかが分かるだろう、と川島はいった。

川島の携帯電話が鳴った。彼は、「了解しました」といって、短い会話を終えた。

五代和平の妻が、新宿署に着いたという連絡だった。

けさ、病院で死亡した男の遺体は、解剖されることになっている。妻は刑事から、遺体の写真を見せられていることだろう。

川島とともに新宿署に戻った。

五代汐子は、丸顔の器量よしだった。署にやってきたのは彼女だけである。どのような事情があって別居したのかは分からないが、夫によく似た人が死亡したと警察から連絡を受けたことを、知らせる人が彼女にはいなかったのか。

「写真を見ていただきましたが、ご主人によく似ているということです」

彼女から話をきいていた刑事が、川島に報告した。

川島が彼女の正面の椅子にすわった。

川島は、五代和平の経歴をきいた。

汐子は顔を伏せて、小さな声で話し始めた。

道原と伏見は、後日の参考のために、彼女の話をメモすることにした。

五代は、山梨県甲府《こうふ》盆地北西部の農村に生まれた。七人兄妹《きょうだい》の三男だった。父は農業だったが、耕地はせまくて貧しかった。生家は竹村《たけむら》姓だったが、小学三年生のとき、甲府市の五代家の養子になった。五代家は小さな燃料商だった。

市内の高校に通っていたが、学業成績がよく、教師は養親に大学受験を勧めた。国立大学にも入れる実力があるといわれた。

和平は、教師の話を信じて東京の国立大学を受験したが、合格できなかった。彼は養親の経営する商売を継ぐことにしたのだが、高校の同級生が何人も大学に進んだのをみて、翌年は東京の有名私大を受験した。これには合格した。養親は彼の合格を喜ばなかった。大学を出たために家業を継がなくなることを憂慮したのだった。卒業と同時に、東京の企業にでも就職したら、二度と家に帰ってこなくなることを懸念したのだ。

この憂慮は的中し、養親の予想を大きく裏切った。

和平は、大学を二年で中退した。在学中、親に隠れてやっていたアルバイトが禍《わざわい》した。

彼は、新宿・歌舞伎町のクラブでボーイをしていたのだが、そこで働いていたホステスと親密な間柄になった。彼よりも四、五歳上の女性とだった。おそらく彼にとっては、初めての女性経験だったに違いない。

彼は、借りていたアパートを飛び出し、年上のホステスの住むマンションに転がり込んだ。甲府市の親には、その住所を教えなかった。

和平と連絡のつかなくなった親はあわてた。上京して、彼が住んでいたアパートを訪ねると、一か月あまり前に引っ越したと、家主にいわれた。大学へ行ってみると、二年次の学業半ばで大学へ通っていないといわれ、仰天した。

警察に相談することも考えたが、アパートの家主の話から、事件に巻き込まれたりしたふうではないことが分かったため、彼からの連絡をじっと待つことにした。

大学をやめて、ホステスと同棲《どうせい》し始めた和平は、以前からのクラブに勤めていたが、彼女に不信を抱くようになった。彼女が経済的に余裕のある男客と遊んでいるらしいと疑ったのである。

この疑惑は不仲に発展した。住まいでの不仲を店に持ち込んだ。口論をするのだった。

水商売の店は、客にモテるホステスを大事にするが、和平のようなボーイの補充はいつでもできることから、彼は店をやめさせられた。同時に彼女と別れることにもなった。

彼女は、寝具とわずかな衣類を抱えてマンションを出て行く和平を、哀れと思ったのか、アパートの一部屋を借りられる程度の現金を持たせた。

彼は、新聞の求人広告を見て、事務器販売会社のセールスマンになった。営業マンの素質があってか、半年もたつと彼はその会社でトップクラスの成績を挙げるようになった。

事務器のセールスマンを約三年やった。この会社で知り合った男に誘われて、不動産会社に転じた。やはりセールスマンだった。

この仕事も彼には合っていたようで、茨城県や埼玉県の建て売り住宅を何十棟も売った。

彼の評判は、業界に広がり、好条件で迎える同業の会社が出てきた。三年で他社に移った。引き抜かれたのだった。

二十七歳で彼は、都内にマンションを買った。

このころ、甲府市の養親に金を送った。養親は、早く身を固めろと、結婚を勧めた。だが、彼には親の勧める女性とは結婚できない理由があった。前に勤めていた不動産会社の同僚だった女性と、買ったマンションで同棲していたからだ。移った不動産会社でも、彼は抜群の営業成績を挙げた。首都圏の住宅がさかんに売れる時代だったのだ。

彼が酒を飲んだり遊んだりする金は、会社が出した。したがって彼の預金は増える一方だった。

そのころから和平は、中小企業経営者の知人に、金を貸すようになった。モグリであり、高金利を取った。

彼に金を借り、払えなくなって夜逃げした印刷業経営者がいた。彼は勤務先を休んで、夜逃げした男の行方を追った。静岡県に隠れているのを突きとめると、若い男を二人連れて夜中にその男の住まいを訪ねた。

男は手を合わせて謝った。和平はそんな泣きごとをきくような人間ではなかった。若くて美人の妻を、車に押し込み、横浜へ連れて行った。風俗店へ売り飛ばしたのだった。

彼が二十九歳のときのことである。

妻を奪われた男は、和平の自宅を訪れ、妻を返してくれと床に額をこすりつけた。

このことが、和平の生活に思いがけない変化をもたらした。一緒に住んでいた女性が、彼の非情なやり方に恐れをなして、出て行ってしまったのだ。

その直後、和平は汐子と知り合った。汐子は彼のマンションのすぐ近くの喫茶店で働いていた。彼は毎朝、その喫茶店で食事しては出勤していたのだった。

ある日彼は、汐子を呼び出して、一緒に暮してもらえないかといった。プロポーズである。それまでの彼女は、彼と食事をしたこともなかった。

汐子は彼に好意を持ってはいたが、素姓の知れない男と見ていた。突然プロポーズされた彼女は、返事ができなかった。

喫茶店のマスターに、和平のことを話した。するとマスターは、和平に本心をきいてみるといった。

マスターは彼に会い、これまでの経歴を詳細にきいた。

和平は生い立ちから、大学を中退した経緯や、一緒に暮していた女性に出て行かれたことなどを話した。

汐子はマスターから、和平の経歴をきいた。それでも納得できない点や不透明な部分については、彼に直接質《ただ》した。納得した彼女は、結婚してくれるならば、一緒に暮してもよいと返事した。

和平はその返事に喜んだ。彼女は、甲府市にいる養親に彼とともに会いに行った。

そのさい、彼の生家へも寄り、すでに世帯を構えている兄妹にも会った。

4

「五代さんの、経歴や人物を納得したうえで、あなたは結婚に踏みきったのですね？」

川島刑事は汐子にきいた。

「男らしいし、頼れそうだと感じたものですから、一緒になる決意をしました」

彼女は、胸の前で両手を握り合わせて答えた。

「あなたと結婚したあとも、五代さんは不動産会社に勤めていたのですか？」

「わたしと結婚して一年ぐらいしてからでしょうか、彼は独立しました」

「どんな仕事で？」

「建て売り住宅の販売会社です」

その会社は港区だったという。セールスマンを二十人ぐらい採用して、千葉県と埼玉県に、サラリーマン向けの住宅を建てて販売していたのだが、約二年後、倒産した。和平が三十三歳のときである。

彼は汐子に、会社が倒産することを告げ、しばらく身を隠しているが、心配するなといった。

その話をきいた二、三日後、会社の経理担当者から電話があり、「社長が出社しないが、どうしたのか」といった。

汐子は、いつものように家を出て行ったと答えた。

経理担当者は、一時間おきに電話をよこした。支払手形が不渡りになった。「社長は会社の預金を引き出したまま、入金していない」といった。

その日の午後、下請け工務店の人が何人も自宅へ押しかけてきた。汐子の知らない人たちだった。

ここで彼女は初めて知ったのだが、自宅のマンションは、融資を受けるため、とうに銀行に担保提供していたのだった。

このとき汐子は、一歳の長男恒夫を抱えていた。彼女は和平を、男げのある人間と思っていたが、その観測は甘かったし、裏切られたと感じた。会社と社員を放り出し、債権者に対してなんの釈明もしない夫を憎いと思った。

「五代さんは、どこかへ逃げてしまったのですか?」

川島がきいた。

「四、五日してからです。関西にいるという電話がきました。わたしが、会社のことや債権者が押しかけてきたことを話しますと、一週間ばかりそこで我慢していろ。その間に落着ける家をさがしておくといいました」

「引っ越しするということですね？」

「夜逃げです。また四、五日してあの人は電話で、買い物に出るようなふりをして出掛けなさいといいました。横浜にマンションを見つけたというんです」

「あなたは、そのとおりにしたのですか？」

「わたしは断わりました。あの人のいうことに反抗したのは、そのときが初めてでした。人を裏切ったり、隠れて生活するのは嫌だといいました。もしここにいられなくなったら、そのときは、家賃の安いアパートでも借りて移転するといいました」

汐子は和平に、社員や債権者から逃げるようなことはしないでといったのだが、彼はきき入れようとしなかった。彼のやったことは計画倒産だったのである。

「あなたの出身地はどこですか？」

「新潟県の佐渡《さど》です」

「五代さんの会社が倒産したことを、ご両親やご兄妹には話しましたか？」

「わたしには、両親も兄妹もいません」

「亡くなられたのですか？」

「父と兄は漁に出たまま帰らなくなりました。わたしが中学二年のときです。母は、その一年後に病気で亡くなりました」

和平と結婚するまで勤めていた喫茶店のマスター夫婦が、親代わりのようになって、上京した彼女を定時制高校へ通わせてくれたのだという。

川島は、五代和平のことに話を戻した。

和平は会社を倒産させた半年後、以前勤めていた不動産会社の同僚を社長にして、ふたたび建て売り住宅販売会社を創《つく》った。彼は自らセールスをやった。

「前の会社の負債を、その会社が決済することにしたようでした」

汐子は、和平の事業には一切タッチしなかったから、詳しい会社の内容は分からなかったという。

二年ほどたつと不動産は急激に売れなくなった。いわゆるバブル経済の崩壊の影響だった。和平は友人を社長にして経営していた会社から手を引いた。このとき、現住所の杉並区下井草の住宅を手に入れた。

汐子は、和平のよく働く点が好きだった。会社を潰《つぶ》しても、妻子を経済的に困らせるようなことはしない人間だった。

そのころ彼は新しい事業を考えているといっていたが、日曜でも祝日でも出掛けることがあった。それは建て売り住宅のセールスマンをやっているときと変わらなかった。真夜中というより朝方帰宅して、午前中寝ている日もあった。

彼は新宿や銀座で飲んでいるらしく、月に十軒ぐらいのクラブから請求書が送られてきた。会社がなくなったため、自宅に送られてくるようになったのだった。

彼がなにをして収入を得ているのか、汐子には分からなくなった。朝、家を出て行き、二、三日電話もしてこないこともあった。汐子が、どこへ行っていたのかときくと、「不動産物件を見に地方へ行っていた」と答えるのだった。

そのうち汐子は、彼に女性の存在を感じ始めた。それに気づいたきっかけは、三日前に出て行くときに着ていたのとは、べつのワイシャツを着て帰宅したことだった。それをきくと、事務所に置いてあったのを着替えたのだと彼はいった。事務所のことなどきいていなかったので、どこにあるのかときくと、「渋谷だ」と答えるだけだった。

次は、汐子の見覚えのない下着を着けて帰ってきた。これについても彼は、事務所に置いてあった物だといった。

汐子は、自分と恒夫の生活を護るために、和平の事務所の所在地と、どんな仕事をしているのかも教えておいてくださいといった。

すると彼は、顔をそむけて、「友人がやっている事務所をつかわせてもらっているが、間もなく自分の事務所を設ける。仕事は不動産の斡旋《あっせん》だ」と、面倒くさそうに答えた。汐子に初めて見せた表情だった。

「五代さんは、自分の事務所を持ちましたか?」

川島がきいた。

「持ちました。渋谷駅の近くのビルです」

その事務所は最近まで維持していたようだという。

川島にきかれて、汐子はバッグから小さなノートを出し、和平の事務所の電話番号を読んだ。彼女はそこへ行ったことはなく、正確な住居表示は知らないと答えた。

「あなたは、どうして別居されたのですか？」

「わたしや子供を、だまして暮すような人と、一緒にいるのが嫌になりました。それと、五代の気が荒《すさ》んでいくように見えました。お金には困っていないようでしたが、わたしにはその原因が女性のように思えてなりませんでした」

それで子供を連れて、現住所の立川市へ出て行ったのだという。

「離婚するつもりだったんですか？」

「わたしは、きっぱりと別れたかったのですが、子供に父親がいなくなるのが可哀相《かわいそう》で、離婚の手続を取らないでいました」

川島はうなずくと、テープレコーダーを引き寄せた。

「よくきいてください」

彼がいうと、汐子は目を緊張させた。病院で五代和平らしい怪我をした男の喋ることを録ったものである。

——あなたの名前は？

「カズコだ」

——カズコとは、どなたのことですか？

「おれは……この、この頭を……」

——だれかに殴られたんだね？

「カズコだ」

——カズコという人に、殴られたんだね？

「痛いんだよ」

——あなたの住所は、どこですか？

「ノート。ノート……」

——ノートがないんだよ。ノートを持っていたんだね、ゆうべは？

「………」

川島はここでいったんテープをとめ、

「いかがですか？」

と、汐子にきいた。

「五代の声です。だいぶ酔っているようですが」

「酔っているし、頭から血を流していました。ベッドの脇にいる刑事に、さかんになにかを伝えたがっていましたが、理解できないことを口走っていました。『カズコ』という名を何度も口にしましたが、あなたにお心当たりは？」

「分かりません」

「五代さんには、好きな女性がいたということですが、その人の名前をご存じですか？」

「いいえ。一人も知りません」

「一人も……。何人もいたようですか？」

「なんとなく、女性が変わったのを、わたしは二、三度感じました」

「どういうところで知り合った女性なんでしょうね？」

汐子は首を横に振った。

川島は、ふたたびテープレコーダーのボタンを押した。

――あなたはゆうべ、男を殺して、埋めたといったが、誰を殺したんだね？

「上高地……」

――上高地のどこに埋めたの？

「捨てたんだ」

――どこなのか、教えてくれないか？

「ロッピャク……林だ。沢がある」

——ロッピヤクとは、数字ですか？

「沢がある。林だ」

——上高地に、ロッピヤクというところがあるんだね？

「カズコを、さがしてくれ」

——カズコさんは、あなたの奥さんですか？

「…………」

川島は汐子に、テープをきいての感想や、人を殺して上高地に捨てたといっているが、それは事実だろうかと尋ねた。

「いくらなんでも、そんな、そんなことまではしていないと思います」

汐子は、まとわりつくものを追い払うように、頭を振った。肚《はら》の中では、こんなことになるのなら、なぜもっと早く離婚しなかったのかと、後悔しているようにも受け取れる表情だった。

彼女は、自分の不運を憾《うら》むだろうか。五代と知り合わなかったら、夫の素行に対する嫉妬も経験しなかっただろうし、別居する羽目にもならなかった。身寄りの少ない彼女は、堅実な家庭を築いて、子供の成長を楽しみにしていたのではないか。

五代は彼女に、経済的な苦痛は与えなかったが、気の安まらない男だったようだ。もしも五代が人を殺していたとしたら、これから世間を、どうやって生きようかと考えているのではないか。

5

汐子は病院で、解剖の終った死者と対面した。

「五代に間違いありません」

彼女は付き添っていた警官に、はっきりした声で答えた。

警官は、ほかに五代和平をよく知っている人にも見てもらいたいと汐子にいった。

彼女は、五代が不動産会社に勤務していたころの同僚の名を答えた。五代が汐子に会わせたうちで、最も信頼できる人間と思っていた杉浦《すぎうら》という男だった。

警察の要請を受けて、杉浦は病院へ駆けつけた。五十歳見当のひょろりとした背の男だった。

杉浦も遺体を見て、五代和平だといった。

杉浦は新宿署で、川島刑事から五代について質問を受けた。

「五代君と私が付合っていたのは、六、七年前までです。そのとき、なにをやっているのかを、彼ははっきり話しませんでした。私の想像では、不動産を担保に取っての金融をやっていたと思います」

杉浦はそういったが、五代が最近、渋谷駅の近くに設けたという事務所は知らないといった。

遺体が五代和平と確認されたところで、道原と伏見は豊科署へ帰ることにした。新宿署でコピーした、五代のテープを持った。うわ言のように、人を殺して、上高地に埋めたという言葉を録ったテープである。

署に帰着したのは夜だった。四賀課長以下刑事課全員が待っていた。

伏見が、テープをセットした。全員が息を殺して、テーブルに置いたテープレコーダーを見つめた。

「五代本人が、人を殺して、埋めたのかな?」

テープをきき終えると課長がいった。

「死体を埋めた場所を喋っているのですから、五代は少なくとも遺棄には関係しているのでしょうね」

「ロッピャク沢とは、どこなんだね?」

課長にきかれて、牛山が上高地の地図を広げた。

上高地の河童橋と明神のちょうど中間地点、梓川左岸に、「六百沢」という黒い文字があった。波状の等高線が窪地《くぼち》であることを示している。そこの南側に六百山(二四五〇メートル)がある。それの南に三本槍《さんぼんやり》(二四〇五メートル)と霞沢岳《かすみざわ》(二六四六メートル）がある。ノコギリの歯を思わせる切り立った岩峰だ。西穂の稜線から、上高地の陥没を越えたこの三つの峰を撮影する人がよくいる。雪が貼《は》りつくと凄《すご》みの出る山である。

地域課や山岳救助隊とも連絡を取り合って、あすから六百沢を捜索することを決めた。

新宿署では、豊科署の捜索結果を待っている。六百沢から遺体が発見されたら、五代和平が、人を殺して、埋めたといったことが事実となる。誰が、なんのために殺されたのか――

新宿署では、五代が最近、渋谷に設けたという事務所でなにをやっていたのかに関心を持っている。当然、彼の杉並区下井草の自宅の家宅捜索もするだろう。それによって、彼が何者に頭を殴られ、死ぬことになったのかが解明されるのではないか。彼が死ぬ前に口にした、「カズコ」とは何者なのか。たぶん女性だろうが、彼とはどんな関係だったのか。もし遺体が発見されたら、その殺人に、「カズコ」もからんでいるのだろうか。

翌朝、刑事課の要請で、山岳救助隊の五人を加えた二十人が集合し、上高地に向かって出発した。

六百沢は、梓川左岸から約一〇〇メートルは伏流になっていた。対岸には明神岳が天を衝いている。

白い砂礫《されき》の斜面を登った。十人ずつが窪地をはさんで登ると、細い流れが現われた。両側から崩れてきた土砂によって沢幅はせまくなり、ところどころが伏流になっていた。

捜索隊は、最近掘り返したと思われる場所をさがして遡《さかのぼ》った。やがて残雪帯に入った。森林の中にはまだ一メートル以上の積雪がある。

五代の話では、いつ人を殺して、埋めたのかまったく不明だ。彼が去年、雪が降る前に埋めたのだとしたら、その現場は雪の下になっている可能性がある。それだと土の変化もまったく見えない。

左岸の道から一二〇メートルほど入った。そこから上は、森林であり完全に雪に埋まっていた。

スコップとツルハシを持った隊員は、地面の変化を見ると、そこを掘った。だが、すぐに凍土に突き当たった。最近掘ったと思われる形跡を発見するのは至難だった。

署に帰ると道原は、新宿署の川島刑事に電話を入れた。

「雪のないところを見たかぎりでは、最近地面を掘ったような場所は見当たりません。何か所かを掘ってみましたが、なにも出てきません」

「東京にいると、雪のことを忘れていますが、上高地にはまだ残雪があるんですね」

「もう一か月もすると、雪はかなり解けますが」

新宿署ではきょう、下井草の五代の自宅を捜索したという。

「木造二階建ての、なかなかいい家でした。一階に三部屋、二階に二部屋あります。男一人の住まいのせいか、着る物や紙屑《かみくず》なんかが散らかしてあって、何日も掃除してないようでした」

「お手伝いのような人を頼んでいなかったんですね?」

「そのようです。近所の人も、お手伝いを雇っているようすはなかったといっています」

「妻の汐子には、完全に見捨てられたんですね?」

「汐子はいっていましたが、子供を連れて立川のマンションに引っ越してから、一度も下井草の家には行っていないということです」

「五代は、日常生活に不自由は感じていなかったんですかね?」

「女がきていたようです」

「ほう。近所の人に知られていましたか?」

「近所の人は知らないようですが、部屋を見てそれが分かりました」

「女性の着る物でもありましたか?」

「二階の一室が寝室ですが、ベッドにも枕《まくら》にも、茶色の長い毛が何本かついていましたし、それに……」

川島はタバコをくわえたのか、言葉を切った。「屑籠《くずかご》にチリ紙が一杯捨ててありましたし、その中には使った避妊具がまるめられていました。それも一晩使った数ではなかったです」

「不精な女性ですね」

「まったくです。まともな女なら、分からないように捨てるものですがね。商売女を呼んでいたことも考えられます」

川島はタバコの煙を吐く音をさせた。

「『カズコ』が分かるような物は見つかりませんか?」

「五代は、家をきれいに使うような男じゃなかったんですね。雑誌とか本があちこちに、まるで捨てたように散らかっていたり、台所のテーブルには、新聞紙が雑然と積んでありました」

「たいていの人は、知人のアドレスノートのような物を持っているものですが」

「それをさがしましたが、見当たりません。彼はあるいは、事務所に置いていたんじゃないかと思います」

渋谷の事務所の所在地は、電話番号から手繰《たぐ》って判明したので、あすそこを捜索するという。

　川島の話をききながら、道原は五代の自宅のもようを頭に浮かべた。部屋を何日も掃除しない人は珍しくはない。とくに男にはそういう人がいる。だが、雑誌や本があちらこちらに散乱したようになっている点が気になった。五代は家に、書棚の一つぐらい置いていなかったのか。

「一階の奥の部屋にありました。本を読むのが好きだったとみえて、書架には、小説本もありましたし、不動産関係や、金融関係の本もありました。その書架だけは、わりに整理されていました。……そうそう。汐子もいっていましたが、彼は若いころ、山登りが好きで、結婚したばかりのころ、彼女にあちこちの山へ登った話をよくしていたということです。書架には、山の写真集や、登山家の書いた本が何冊か収っていました」

　川島の話をきいて、道原は額に手を当てた。

「川島さん。汐子に五代は、不精者だったかとおききになっていますか？」

「きいていません。彼女にはこれからもきくことがいくつもあると思っていますが」

「いま、お話を伺っていて思いついたことですが、五代が家の中を散らかしていたのでなくて、他人が侵入して、なにかをさがしたことは考えられませんか？」

「誰かが、入った……」

「たしか五代のポケットには、家の鍵《かぎ》が入っていなかったですね？」

「そうです。札入れも小銭入れもありませんでした。名刺入れでも持っていれば、もっと早く身元が判明したのですが」

最近の五代は、なにを職業にしていたのか不明だが、事業をやっていたようだ。そういう人が、名刺入れや覚え書きを記すようなノートをポケットに入れていないというのはおかしいような気がする。

一昨夜、彼に危害を加えた者が、着衣のポケットから札入れや名刺入れを奪い取ったのではないだろうか。

二章　ホテル

1

上高地・六百沢の二日目の捜索には犬を使うことにした。長野県警が、山の遭難や自然災害などの捜索、救難に当たる「災害救助犬」に仕込んだ自慢のシェパード犬四頭のうちの二頭である。

きょうも好天に恵まれた。梓《あずさ》川右岸から屹立《きつりつ》する明神岳の頂稜に、綿を裂いたような薄白い雲がからみ、東よりの風にこなごなにされて穂高《ほたか》のほうへ散っていく。

ゴールデンウィークよりもハイカーの数は減ったが、逆に登山者の数は目立ち始めた。

穂高や槍《やり》に登るらしい男女が、大型ザックを背負って、梓川沿いの道を奥に向かっている。

きのうよりも五人増員された捜索隊は、早朝から砂礫《されき》を踏んで登り、残雪の斜面にピッケルを突いた。

新宿・歌舞伎《かぶき》町で、何者かに頭を殴られて死亡した五代和平は、この六百沢に人を殺して埋めたといって事切れた。彼が誰を、いつ殺して埋めたのか、こどもの日の夜、彼が何者に殴られて血を流したのかも、まったく分かっていない。

新宿署のきのうの家宅捜索と、妻汐子の話で、五代が以前、登山をしていたことが判明した。かつて登山をしていた彼は、上高地に通じていて、殺した遺体を隠すため、この沢を捨て場に選んだのではないか。

刑事の道原と伏見と牛山は、捜索隊の後方から、二頭のシェパードの動きに注目した。

犯罪捜査に出動する警察犬は、犯人が歩いた途《みち》を順に追ってその行方や、遺留品を突きとめるが、災害救助犬は、たとえば雪崩《なだれ》に埋まって行方不明になっている人たちに、一直線に向かうように訓練されている。人間の数万倍の臭覚によって、雪の下に埋まった人の所在を嗅《か》ぎ取るのである。

窪地《くぼち》を直登していた二頭のうち、やや小柄なほうが、急に右手を向いて進み始めた。綱を引いた警官は犬を追いきれなくて、よろけて雪の上に膝《ひざ》を突いた。犬は前足で雪面を掻《か》きながら、警官を誘導した。

窪地から右に二〇メートルぐらい逸《そ》れたところで、小柄なほうの犬は、雪に鼻をつけて一か所をぐるぐると巡るような動き方をした。

もう一頭をその場へ連れて行くと、同じように雪を嗅ぎ、前足で雪を掻き始めた。雪の下の異変を感じ取ったようである。

犬の綱を引いている警官がホイッスルを吹いた。樹間を鋭い音がこだました。鳥の羽音がした。

三人の刑事は、ピッケルを突いて斜面を登った。額にも背中にも汗がにじんだ。五、六人の警官がスコップで雪を掘り始めた。二頭の犬は前足を落着きなく動かした。早く掘れ、と催促しているようである。

一メートルほど掘ったところで枯枝が現われた。朽ちた落葉の下が黒い地面だった。地面は凍っていた。二メートル四方ぐらい雪をのぞき、ツルハシで土を掘った。

雪の穴の中に犬が飛び下りた。雪の壁を前足で掻いた。

土を掘り始めて一時間ぐらいしたころ、土に汚れた布が現われた。それを引っ張り出した。シーツらしかった。

雪の穴は拡大された。

「うえっ」

ツルハシを振るっていた警官が、鼻に皺《しわ》をつくった。異臭を嗅いだようだ。

また布の端が出てきた。それを引っ張り出した。浴衣《ゆかた》だった。白地に模様のあるのが分かった。

「ちょっと待て」

穴の縁から下をのぞいていた道原が、ツルハシを持った警官にいった。

彼は穴の底に下りた。土を掻いている犬を引き上げさせた。

鼻をふさぎたくなるような悪臭がしていた。彼は園芸用の小型スコップで、穴の壁面を慎重に削った。

はたして、浴衣の下から白骨化した頭蓋骨《ずがいこつ》が出てきた。五代和平が死ぬ直前にいったことはほんとうだったのだ。

頭蓋骨を丁寧に収容した。

その周囲を掘ったが、ほかに人骨は出てこなかった。

頭蓋骨は地表から四、五〇センチの深さに埋められていたことが分かった。

捜索隊は、人骨が埋められていた場所を取り巻くように、樹木の幹に赤い布切れを巻いた。後日、その場所を見失わなくするためだった。

収容した頭蓋骨は、松本市の大学・法医学教室へ運ばれた。

署に帰ると道原は、新宿署の川島刑事に電話を入れた。捜索の収穫を伝えるときは、胸が躍るものである。

「出ましたか」

川島はいった。彼は、豊科署の捜索には期待をかけていなかったようである。五代はたしかに、六百沢へ人を殺して埋めたといったが、その地点は明確でなかった。いや明確にする前に息を引き取ってしまったのだ。それに現場には厚く残雪がある。本格的な捜索ができるのは、一か月あまり後だろうと思っていたらしい。

「頭部は、完全でしたか？」

川島はきいた。

「はい。首から上は」

「他の部分も埋められていそうですか？」

「それはなんともいえません。頭部が見つかった周辺をさがしましたが、犬は反応しませんでした」

「じゃ、バラバラにされて埋められた可能性がありますね」

「他の部分は、まったくべつの場所だと思います」

「男でしたか？」

「頭蓋骨の大きさからして、男性の可能性が高いですね。中年以上で、歯に治療痕が認められました」

「一緒に出てきたシーツと浴衣は、頭部を包んだ物でしょうね？」

「そう思います。シーツにも浴衣にも、血痕《けっこん》らしい汚れがついています。白地の浴衣には柄があります。ひょっとしたらホテルか旅館の物ということも考えられます」

「それが分かるといいですね。……ところでうちのほうですが、午前中に、五代の事務所を調べました。渋谷駅から歩いて五、六分のところにあるビルの三階でした」

五代がそこに事務所を設けたのは、二年あまり前だったという。当初は若い女性を一人置いていたが、一年もしないうちにその人はやめたらしく、以降誰も雇入れなかったようだ。

事務所に商号はなく、メールボックスとドアには「五代」という名が入っているだけだった。

五代はたいてい毎日、事務所に出てきていたようだが、業種については、ビルの持主も他の入居者も知らないと答えた。ビルの一室を借りるさい、持主に対しては「金融業」だといった。

新宿署は、金融業の許可を取っているか否かを調べたが、五代は無届だった。

彼の事務所には、事務机が三基あり、応接セットがあった。両隣のテナントの話だと、たまに来客があったようだという。彼は事務所をあけることも多かったが、留守番電話は設けておらず、電話のベルが鳴っているのを、隣室のテナントは壁越しにきいていた。

「内部から、事件に関係していそうな物が見つかりましたか？」

道原はきいた。

「書棚から机の引き出しの中から、ロッカーにいたるまで、くまなくさがしましたが、アドレスノートは見つかりません。菓子の空き箱に郵便類が十二通入っていました。目下、捜査員がその差出人に当たっています。十二人の中には、五代が最近なにをやっていたのかを知っている人がいるのではないかと思います」

「彼は、乗用車を持っていたようでしたが？」

「車は、国産の高級車です。それは事務所の近くの駐車場にありました。内部を見ました。車検証と保険証明書、それから高速道路や、ガソリンスタンドの領収書が入っていましたが、興味を惹《ひ》くような物はありませんでした。これからトランクの内部を念入りに検《しら》べることにしています」

「五代のポケットには、自宅の鍵《かぎ》が入っていませんでしたが、それと、事務所の鍵を持ってはいたでしょうね？」

「車のキーも持っていたと思います」

彼のポケットには、財布も名刺入れも入っていなかった。たぶん彼に危害を加えた者が持ち去ったものと思われる。彼を歌舞伎町の工事現場で襲った人間は、彼のポケットから鍵を奪い、自宅と事務所に侵入し、犯人にとっては都合の悪い物を盗み出したのではないだろうか。もしそうだったとしたら、加害者は五代の知り合いだろう。彼のアドレスリストに載っている一人ではないだろうか。リストから足のつくことを恐れて、彼の着衣から鍵を奪い取って逃げ、もしかしたらその足で、彼の自宅に侵入し、さらに事務所にも忍び込み、彼に持っていられては困る物を盗み出したことが考えられる。

犯人は、五代に恨みでもあって、殺すのが目的で犯行に及んだのか。それとも、彼が自宅か事務所に置いている物を盗むのが目的だったのか。

新宿署では、当然、五代の自宅と事務所を捜索したさい、指紋を採取している。後日のためにである。

「五月五日。彼が酒を飲んだ場所が分かりましたか？」

道原はきいた。

「きのうの捜査では分かっていません。きょうも歌舞伎町交番の付近を中心に、飲み屋を聞き込みしています」

五代は、頭を殴られて交番に倒れ込んだときから「カズコ」という名の人間に執着していた。女性の名前だろうと思われるが、彼の妻でありながら別居していた汐子には、どこの誰なのか心当たりがないということだった。

2

六百沢の雪の下から発見された頭蓋骨の詳しい鑑定結果が出る前に、これを包んで運んだと思われるシーツと浴衣の出所が判明した。

浴衣は、松本市の大信州ホテルの備品だった。白地に淡い紺色で樹葉とホテル名が染められていた。

大信州ホテルは、六年前にオープンした松本市内では最大の一流ホテルである。シーツもたぶん同じホテルの物ではないかとみられた。

豊科署では、大信州ホテルから客室用のシーツと浴衣を取り寄せて比較したのである。

頭蓋骨が埋められていた現場から出てきたシーツと浴衣には、血痕が付着していた。このことから、現場で殺害したあと、遺体をバラバラにしたのでもないし、他所から遺体を運んできて、山中でバラバラに切断したのでもなく、どこかで切断した頭部を、シーツと浴衣に包んできて、六百沢沿いの森林の土中に埋めたものと断定した。

道原と伏見は、大信州ホテルへ出向いた。このホテルは松本駅から徒歩五、六分だ。

白いタイル張りの十四階建てである。

二人が玄関に近づくのを見たグリーンの制服のボーイが、ドアを出て頭を下げた。

二人はボストンバッグを提げていない。一見して宿泊客ではないと分かっただろう。

フロントには、ベージュ色に茶色のカラーの制服を着た男女が三人並んでいた。

道原が警察官であることを示した。

男のフロント係がカウンターを出てきて、応接室に案内した。このホテルからシーツと浴衣を取り寄せているから、フロント係は二人の刑事の用件をほぼ呑《の》み込んでいるようだった。

黒いスーツのマネージャーが応対することになった。

道原は、六百沢沿いの森林から男とみられる頭蓋骨が発見されたことを、あらためて説明した。

「私どものホテルの備品が犯罪に使われていたとは、意外でした」

四十歳ぐらいのマネージャーは、腹の前で手を組み合わせた。迷惑な話だと、胸の中でいっているようだった。

「こういうことが考えられます」

道原は前置きした。「首はノコギリのような物で切断されています。その犯行を、こちらの客室でやったのではないかと考えました」

「お客さまがですか？」

マネージャーは、気味の悪いものを見たような顔をした。

「客室に異状のあったことはありませんか？」

「思い当たることはありませんが、そういうことがあったとしたら、それはいつごろでしょうか？」

「かなり月日がたっていますので、正確なことはまだ分かっていませんが、切断して土中に埋めたのは、去年の秋ごろかと思います」

「秋とおっしゃいますと、九月から十一月ごろ……」

マネージャーは天井を向いた瞳《ひとみ》を動かした。

「遺体の頭部だけを切断したとは思えません。犯人は、手足も切断しているはずです。つまり、バッグやザックに入れて運びやすくしたんです。シーツと浴衣で頭部を包んで運んだということは、他の部分も客室の備品に包んだ可能性があります。たとえば、バスタオルやバスローブにです」

客室の備品が持ち去られていたことはなかったかを道原はきいた。

マネージャーは考え顔をしていたが、しばらく待ってくれといって、部屋を出て行った。

制服姿の若い女性がコーヒーを運んでき、丁寧に腰を折った。

宿泊客のほとんどが出て行った昼間のホテルには閑散とした雰囲気があった。天井から音楽が低く降っている。

マネージャーが書類を持って戻った。

「去年の十月でしたが、シーツ、浴衣、タオル類の備品が、すべてなくなっていたことがありました。浴衣やタオル類を持って行かれるお客さまは、たまにいらっしゃいますが、そのお客さまの場合は、バスタオルを三枚追加されました。追加したバスタオルもすべてなくなっていました」

「タオルを追加するお客がいるんですか？」

「女性のお客さまに多いですね。ベッドが汚れるのを気になさるらしく、敷いてお寝《やす》みになるようです」

マネージャーは言葉に気を遣って話しているようだ。

タオル類やシーツをすべて持ち去った客が誰なのか分かるかと、道原はきいた。

「この方でございます。チェックアウトを担当した者が、このように、備品が持ち去られたと記入しております」

マネージャーは、一枚の宿泊カードを道原のほうへ向けた。

そのカードの余白にエンピツで、「タオル類（追加分をふくむ）及びシーツなどの備品のすべてがなくなっていた」という記入があった。

その宿泊客は、〔加藤久次　四十歳　住所・大阪市生野区北生野町四－×〕と、かたちのよい大きめの字で記入していた。

「この客は単独でしたか？」

「お一人でした」

「訪ねてきた人がいたようすは？」

「さあ。それは分かりません」

「このさい、隠さずに教えてくれませんか」

「決して隠しているわけではございません」

「この客のことを覚えている人はいませんか？」

「五泊なさっていらっしゃいますから、あるいは記憶している者が……」

「五泊もしているんですか？」

「はい。チェックインのさい、三泊のご予約をなさり、ご滞在中に延長されました」

マネージャーは、部屋の隅の電話を掛けた。「加藤久次」という客のことを覚えていると思われる社員を呼んでいるのだった。

その間に伏見は、宿泊カードに記入されている電話番号をノートに控えて、部屋を出て行った。住所に該当者がいるかどうかの確認をするためだ。

伏見はすぐに戻ってきた。

「電話番号は使われていません」

「そうか。やっぱりこの客は怪しいな」

道原は低声《こごえ》でいった。

マネージャーに呼ばれて、三十半ばの長身の男がやってきた。「加藤久次」という客のチェックアウトを担当した谷岡《たにおか》というフロント係だった。

「このお客さまでしたら、覚えています」

谷岡の記憶によると「加藤久次」は、昨年の十月十四日に予約なしで直接フロントへやってきて、空室があるかときいた。フロント係が空室があることを告げると、三泊したいといい、広い部屋を要望した。

予約していなかったことから、暫定料金をあずかることにした。客は現金で十万円を置いた。

「加藤久次」を案内したのは、六階の六一一号室だった。角部屋である。その客はたしか大きなボストンバッグを提げていた。

「到着したのは、何時ごろでしたか?」

道原がきいた。

谷岡は記録を調べ、チェックインは午後三時二十分だと答えた。

客は翌朝、電話で、外出するが大事な書類や荷物を部屋に置いているので、絶対に部屋には入らないでもらいたいといった。フロント係は、「ドント・ディスターブカード」を出しておいてくれといい、客の要望を六階の係員に伝えた。

「ドン・ディス」が出ていないと、係員はベッドをととのえるし、日に一度は客室に電話するか、応答がない場合は、部屋に入って異状がないかを確かめるのだ。

「加藤久次」が二泊した次の朝だったか、谷岡は、外出する「加藤」を見かけた。彼は登山の服装をし、ザックを肩に掛けてタクシーに乗って行った。

　松本市で、登山の服装をしている人は珍しくない。ホテルにも登山装備でやってくる人はかなりいる。

　三泊した彼は、もう二泊延長したいとフロントに告げ、またも、絶対に部屋に入らないでくれと念を押した。外出するさいも彼はキーを持ったままだった。

　彼は滞在中、ホテルで朝食を三回摂《と》り、伝票にサインしている。

　何日だったかは記録されていないが、彼はバスタオルを三枚追加している。ホテルでは、五泊もするのだから、これは当然と思った。

「加藤」は、十月十九日の朝九時十分にチェックアウトした。

「たしかこのときは、ご到着のときと同じで、ボストンバッグを一つお持ちだったと記憶しています」

　谷岡はいった。

料金は合計十三万五千九百六十円だった。

「電話を掛けていませんか？」

「一度もお掛けになっていらっしゃいません」

マネージャーが、ホテルビルの控を見て答えた。

「外から掛かってきたことは？」

「掛かってきた電話については、記録がありませんので……」

道原は谷岡に、「加藤久次」の人相や体格を記憶しているかときいた。

「わりに体格のよい方だったと記憶していますが、お顔までは……。お会いすれば分かると思いますが」

フロント係は、毎日多数の客と接している。思い出せといってもそれは無理のようだ。

3

道原は松本署の刑事課に電話して、事情を説明した。同署には知り合いの刑事が何人もいる。刑事課は鑑識係をホテルに急行させると答えた。

松本署からは、杉下《すぎした》という四十半ばの刑事が、三十代の部下と鑑識係三人を連れて到着した。

六一一号室は空いていた。角部屋で広かった。

二つのベッドにはベージュ色のカバーが掛けてあった。普通のツインの部屋は一泊一万七千円だが、この部屋は二万三千円だという。

鏡のついたテーブルも大きめだし、小振りだがソファもあった。

「加藤久次」という男は、去年の十月十四日午後から十九日朝まで滞在した。彼は料金を現金で支払って出て行ったが、この部屋へ入った清掃係は驚いた。二着備えておいた浴衣はなくなっていた。通常バスタオルとフェイスタオルを二組置く。予備のためにワードローブにも二組入れておく。バスローブも二着用意しておく。バスタオルの追加を頼まれたので、三枚届けたのだが、それらがことごとくなくなっていた。

そのことをフロントに連絡した。フロント係は、「しようのない客だな」といった。このように備品がなくなった場合でも、ホテルは宿泊客に連絡しないことになっている。

三人の鑑識係は部屋の中やベッドを入念に検《しら》べ、バスルームに入った。ここで殺人が行われ、遺体をバラバラに切断したことが考えられた。

道原には、フロント係の谷岡の記憶の、「加藤」が登山装備をしてザックを持ち、タクシーに乗って行ったというのがひっかかっている。

「加藤」はこの部屋へ誰かを呼び寄せ、殺害した。その遺体をバスルームでバラバラに切断し、毎日、ザックにそれを詰めて山に入り、森林を掘って埋めたのではないか。そのために五泊する必要があったのだろうと推測した。

宿泊カードに記入した電話は使われていない番号だった。たぶん氏名も住所もでたらめだろう。宿泊する前から、客室で人を殺し、山中に遺棄する計画だったに違いない。

提げてきたボストンバッグには、ザックも靴も入れていたのだろう。

「加藤久次」は、宿泊カードに四十歳と記入している。新宿・歌舞伎町で殴られて死亡した五代和平は四十二歳だった。年齢が「加藤」に近い。

五代は死にぎわに、人を殺して上高地の六百沢に埋めたといった。それで六百沢沿いを捜索したら、男性と思われる頭蓋骨が出てきた。このことから「加藤久次」と記入して宿泊したのは、五代である可能性が濃厚である。

五代は、人を殺して山中に隠したが、頭を殴られて重傷を負い、助からないと察知したため、殺人を自供したように思われる。

バスルームと洗面所と絨毯《じゅうたん》の一部からルミノール反応が検出された。だがこれが犯罪に関係があるとはいえない。客が怪我《けが》をしたかもしれないし、女性客の生理の残痕ということもある。人血かどうかも定かでない。

　血液の反応は、湯水で流したぐらいでは消えるものではないし、年数を経ても検出可能である。

　鑑識係は、蛇口やシャワーのホースや、排水口にいたるまで検べてから、「かなり多量の血液を流したものと認められます」といった。

「バスルームで、バラしたことが考えられますね」

　杉下が道原の耳に口を寄せた。

　そのとおりだったとしたら、道原の勘が的中したことになる。

「加藤久次」と申告した中年男は、このホテルに何者かを呼んだ。呼んだ人間を殺害し、バスルームでバラバラに切断した。遺体を外に持ち出しやすくするためだった。

　彼は大型のボストンバッグに登山装備と凶器を入れてきた。切断した遺体をザックに詰め、登山装備をすれば、誰も怪しまない。

「六百沢から発見された頭部の死亡推定時と、『加藤』という男の宿泊時期が、ほぼ一致していますね」

　杉下がいった。

「『加藤』が例の頭部を六百沢に遺棄したのだとしたら、彼はこのホテルに滞在中、バラした他の部分も上高地周辺に埋めていそうだね」

道原がいった。

「上高地周辺に棄てる目的で、このホテルを選んだような気がしますが?」

「たぶんそうだろうね。上高地のホテルはいつも満室のことが多いし、犯行をやりにくいとみたんだろう」

「予約なしでやってきたら、五泊は無理だということを知っていたんでしょうね」

「『加藤』は、最初、ここへ三泊したいといったが、その後、二泊延長している。三泊ではバラした遺体を処理しきれなかったんだろうか?」

「被害者のここへの到着が、遅れたということも」

「それも考えられる」

「『加藤』が単独で殺《や》ったとはかぎりませんね」

伏見がいった。

「そうか。共犯者がいて、手分けして棄てたかもしれないな」

他の部分をどこに埋めたのか分からない。それをどうやって捜索したものかを、道原は考えた。

ホテルのマネージャーと谷岡は、ベッド脇に立って鑑識係の作業を暗い表情をして見ていた。客室で殺人が行われたことが報道されたら、松本市、いや南信随一のホテルの評判に傷がつく。気味悪がって宿泊を嫌う人もいるだろうし、結婚披露宴やパーティーの予約を取消すところも出るのではと憂慮しているのではないだろうか。

道原と伏見は署に戻って、四賀課長に報告したあと、新宿署の川島刑事に電話した。

川島も、「加藤久次」名で宿泊した男は、五代和平ではないかといった。

「五月五日の夜、五代が飲んだ店が分かりました」

川島はいった。

「やはり歌舞伎町でしたか？」

「歌舞伎町交番から一〇〇メートルばかり北に寄ったスナックです。その店は五代の行きつけでなく、ずっと前に二、三度きたことがある程度ということです。あの晩彼は、十時ごろその店に入ってきましたが、すでに酔っていたようです」

五代は、そのスナックには一時間ほどいた。祝日のため、行きつけの店が閉まっていたといってそこへ入ってきたという。

「誰かに呼び出されたんでしょうか？」

道原がきいた。

「私もそう思いましたが、五代に電話は掛かってこなかったし、彼も電話を掛けていないということです」

五代は十一時過ぎ、料金を払ってスナックを出て行ったのだが、足をふらつかせていたという。

タクシーでも拾うつもりで歩いているところを、財布でも奪い取ろうとした人間に、工事現場に連れ込まれた。抵抗したので頭を殴られたということだろうか。

財布を奪うのが目的の犯行なら、ポケットの中の鍵やノートまでは奪わないような気がする。それを道原がいうと、

「最近、やはり歌舞伎町の暗がりで、独身のサラリーマンが三人組に殴られて、ポケットに入れていた一切の物を盗《と》られました。現金もカードもです。犯人は、鍵まで奪い、サラリーマンの住所を持っていた保険証で突きとめて、マンションの部屋に侵入したんです。サラリーマンが病院で手当てを受けている間に、空き巣をはたらかれてしまったのです。同様の事件が連続して発生したことから、当署は厳重警戒し、犯人を挙げました。アジア系の外国人グループでした」

その例から、五代も同じような犯人に殴られたことも考えられ、強盗の線でも捜査していると川島はいった。

道原は、「加藤久次」が五代かどうかを自分の手で確かめたかった。刑事の習性といったものである。

切断された人間の頭部が、豊科署管内から出てきたのだ。管轄地内が犯行の現場にされたのであるから、積極的に捜査に乗り出しても越権ではない。

彼は、大信州ホテルから借り出した「加藤久次」の宿泊カードが、五代和平が書いたものであるかを確認する許可を取った。

大学の法医学教室からあらためて連絡があり、六百沢の森林から発見された頭蓋骨は、男性に間違いない。死後経過七、八か月についても断定できるということだった。遺体切断に用いた凶器はノコギリと判明した。

4

道原と伏見は東京・立川市へ向かった。五代和平の妻・汐子に会うためだ。

彼女とは先日、新宿署で会っている。

彼女は五代の妻でありながら、去年の九月に別居した。女性にうつつをぬかしている夫に愛想がつきたというのが理由だった。

汐子の住所は、立川駅から歩いて十五分ぐらいのマンションだった。五代は杉並区下井草に一戸建ての住宅を所有していた。新宿署がこの家を調べたが、五部屋あってなかなかいい家屋だったという。

所有していた家を捨てて、賃貸マンションに移転するだけでも、汐子には勇気が要ったことだろう。別居を決断するについては考え抜いてのうえだったに違いない。

きのうのうちに電話しておいたから、汐子は自宅にいた。古いマンションだし、部屋は二間きりだった。粗末な調度が、彼女の地味な性格を表わしていた。

彼女は、白いジーパンにブルーのシャツ姿だった。働いているのかと、道原がきくと、二週間ほど前までパートで勤めていたが、人員整理の対象になり、あらたな勤め先をさがしているところだと答えた。

「よけいなことですが、五代さんは、あなたとお子さんの生活費を送ってよこしていましたか?」

道原はきいた。

「二人だけの生活には充分過ぎるお金を、毎月銀行に振り込んでくれました。たまに電話が掛かってきて、働くことはないじゃないかなんていっていました。あんな人ですが、子供のことは気になっていたようです」

彼女は、終日家にいると、遊んでいるような気がするものだから、働くことにしていると、丸顔を伏せて、細い声で答えた。

この部屋のタンスの上には、小さな仏壇が置いてあり、金色の文字の位牌《いはい》がこちらを向いているが、新仏の五代をまつっているようすはなかった。

道原が仏壇を向いたのに気づいてか汐子は、五代の遺骨と位牌は、下井草の家に置いているといった。彼女は昨日もその家へ行ってきたという。

「いずれ、下井草の家へ帰られるんでしょうね？」

道原がいうと、彼女は首を横にゆるく振った。落着いたら、家を処分するつもりだという。

夫が人を殺していたとしたら、それは世間に知られる。とても下井草の家には住んでいられないといっているようだった。

道原は、バッグから大信州ホテルの宿泊カードを出して、彼女の前に置いた。

「この文字に見覚えがありますか？」

といって、彼女の表情を観察した。

彼女は、「加藤久次」と、つぶやくように読んでから、

「五代の字によく似ていますが……」

といって顔を上げた。

「五代さんの書いたものかどうかを確認していただきたい」

彼女はカードを手に取ると、じっと見つめた。

「よく似ていますが、これは、他人《ひと》の名前と住所を、代筆したのでしょうか？」

「ご本人が偽名を使ったのだと思います。ここに書かれている住所には『加藤久次』という人の居住該当がありませんし、電話番号もでたらめのようです」

「偽名というと、五代が……」

「これは、松本市の大信州ホテルの宿泊カードです。チェックインのさい、署名したものです」

汐子は、大信州ホテルを知らないようだった。

道原は、五代の書いた物を見せてもらえないかといった。

汐子は膝を立てた。顔色は悪く、表情は不安げである。

彼女は、仏壇をのせているタンスの引き出しを開けた。なにかをさがしているらしく、首を傾《かし》げたりした。

道原は、彼女の後ろ姿をしばらく見ていた。

「こんな物しかありません」

彼女は、二枚の便箋《びんせん》に書かれたものを広げた。それは旅行計画だった。

〔豊橋――（豊橋鉄道）――三河田原――（バス）――フラワーパーク――（バス）――伊良湖《いらご》岬〕

「あの人と一緒になったすぐあと、旅行に連れて行ってくれました。五代は前に行ったことがあるといっていました。大きなホテルに泊まって、そこの窓から海に沈む夕陽を見ました。あんなにきれいな夕陽を見たのは……」

彼女は声を震わせた。口に手を当てた。十数年前の新婚旅行を思い出したようだった。

海のない山梨県生まれの五代は、東京へ出てきて初めて海を見、海水に触れたという。勤務先の慰安旅行が伊良湖岬だった。そのときに眺めた海に没する夕陽の赤さが忘れられず、汐子をそこへ連れて行ったのだった。

海に面したホテルの窓に二人で並んで、真っ赤な夕陽を眺めたとき、彼女は、十数年後、泥酔した夫が頭を殴られて死ぬことなど、毛先ほども想像しなかったに違いない。海を赤く染めた夕暮れの窓辺で彼女は、「あなたと一緒になれてよかった」といったかもしれない。

彼女の生地は佐渡だから、海も潮風も知っていたが、夫と並んで眺めた日没の美しさは忘れられなかったのだろう。だからいまも、彼が、「旅行しよう」といって便箋に書いてくれた旅行計画を、タンスの底に大切にしまっていたのだろう。

その旅行計画を、夫が殺された事件を調べる刑事に見せることになった。この運命を、彼女は恨んで泣いているに違いなかった。

便箋に書かれた文字は大きめでかたちがよかった。道原と伏見は、大信州ホテルの宿泊カードに記入された文字とを見比べた。いくぶん角張った癖がよく似ていた。

「これをお借りしていいですか？」

道原は、便箋を手にして汐子にきいた。

うなずくと予想していた汐子だったが、意外にも光った目で首を横に振った。その目は、「これだけは持って行かないでください」といっていた。

伏見は、便箋を近くのコンビニでコピーしてくることを汐子に断わった。

五代の筆跡は、彼の自宅か事務所でも手に入れることができそうだったが、道原は五代が結婚したばかりの妻に書いて渡した旅行計画を、署に持って帰りたかった。地名と旅行コースを書いただけのものだったが、それには当時の五代和平が映っているように思われたからである。

「五代さんは、以前、山登りをしていたそうですね？」

嗚咽《おえつ》のおさまった汐子に道原はきいた。

「わたしと一緒になってからは、三回か四回、山へ行ったでしょうか。その前は毎年四回も五回も高い山に登ったといって、山で撮った写真を見せながら、そこから見える景色を話してくれました」

五代は甲府市で高校を卒《お》えている。登山を始めたのは高校時代で、東京へ出てからも、山には登っていたという。

「あなたは、五代さんと親しくしていた人を知っていますか？」

「二人知っています。一人は甲府にいて、一人はいまも東京に住んでいると思います。わたしたちが結婚したことを知らせましたら、お祝いにきてくれました」

二人の住所が分かるかときくと、彼女はまたタンスの前に立って、背中を見せた。

伏見が、コピーを持って戻った。

汐子は、五代の書いた旅行計画を、元どおりにたたんでタンスの引き出しにしまった。

汐子から、五代の友人二人をきき出すことができた。

一人は江端《えばた》といって、東京の中野区に住んでいる。

もう一人は竹田《たけだ》といって、住所は甲府市だった。

二人とも五代とは、甲府市内の高校の同級生で、仲がよさそうだったという。

二人以外に親しくしていた人はいないかと道原がきくと、汐子は、

「男の人は友だちが多いものと思っていましたが、五代は特別だったんでしょうか、江端さんと竹田さんしか、お友だちと呼べる人はいないようでした」

といった。

汐子は、江端と竹田に何度か会っているという。二人とも真面目《まじめ》そうな会社員だと思っているといった。

「五代さんが亡くなられたことは新聞に載ったし、テレビでも報道されたと思います。江端さんや竹田さんから、あなたに電話でもありましたか?」

「わたしたちが五代と別居していることを、二人は知らないはずです。下井草の家へ

は電話されたかもしれません」

何度電話しても応答がない。妻の汐子はどうしたのかと、夫の友人は首を傾げただろうか。

5

道原と伏見は汐子に、健康に注意するようにといって、マンションをあとにした。

「汐子は、なんとなく古いタイプの女性ですね」

伏見がいった。

「そうだな。夫をどうしようもない男と思いながら、初めて二人きりで旅行したときの物を、大事にしまっているんだからな」

「汐子は、ほんとうは五代に対して愛情を持ちつづけていたのでしょうね」

「好きになったから結婚し、子供もできた。知り合ったころの五代を、彼女は忘れられないんだろうな。彼は真面目な人間とは思えないが、彼女にしてみれば、頼りになる男だったんじゃないのかな」

「両親や兄を亡くしているから、頼り甲斐《がい》のある男に、彼女は惹かれたのでしょうか」

「五代は他所に好きな女がいた。だが、汐子と子供のことはいつも忘れていなかったような気がする。勝手な男だがな」

道原は公衆電話から、中野区の江端の自宅へ掛けた。妻が出て勤務先の電話番号を教えた。

そこへ掛けると、江端はいつでも会えると答えた。

彼の勤務先は新宿区の製本会社だった。いかにも実直な男らしい口調で、最寄り駅を教えた。

その会社へは、市谷《いちがや》駅を降りて七、八分だった。

「新聞で、五代が殺されたのを知ったときは、それはびっくりしました」

メガネを掛けた小柄な江端は、会社の応接室へ刑事を通していった。彼はネクタイを締めたワイシャツの上にグレーのユニホームを着ていた。電話で感じたとおり、生真面目そうな男だった。

「高校で五代さんとは同級生だったそうですが、五代さんは当時、どんな生徒でしたか?」

道原がきいた。

「勉強はよくできました。頭がよかったんでしょうね。日ごろ勉強しているようではありませんでしたが、学業成績はクラスで上位でした」

教師に勧められて国立大学を受験したというのは、事実のようだ。

「東京の大学に入ってから、少し道を踏みはずしたようですが？」

「私は、高校を出るとすぐに、この会社に就職しましたので、五代の学生時代のことは知りません。高校を出て十年ほどたってからだったでしょうか、東京で同級会をやりました。そこで五代と卒業以来再会しました。そのころ彼は不動産会社に勤めていて、羽振りがよさそうなことをいっていました。彼とときどき会うようになったのは、ここ七、八年です」

「その間に、五代さんは変わりましたか？」

「高校生のころの彼は、無口でしたし、友だちの数も少ないほうでしたが、すっかり社交的になって、よく喋《しゃべ》るし、酒を飲むと朗らかになって、何軒も酒場をハシゴしました。私は自分の金ではとても行けないような、赤坂のクラブへ連れて行ってもらったこともありました。その店で彼は、いい顔でした」

「赤坂のクラブの名を覚えていますか？」

「三回ほど連れて行かれましたから、覚えています。『サロメ』といって、若くてきれいな女性が何人もいるクラブでした」

「その店に、最後に行かれたのは、いつごろでしたか？」

「三年ぐらい前だったと思います」

「五代さんは、その前からその店へ行っていたんですね？」

「十年ぐらいは通っているという話でした」

「その店は、いまもありそうですか？」

「あるんじゃないでしょうか。その後、私は行ったことがありませんが」

「そこには、五代さんの好きな女性がいたようですか？」

「いつも女性が三、四人つきました。店を気に入って行っていたのか、好きな女性がいるから行っていたのか、私には分かりません」

「『カズコ』という名にご記憶は？」

「さあ。女性から名刺をもらったこともありましたが、家へ持って帰るわけにはいきませんので、私は捨ててしまいました。『カズコ』という女性が、なにか？」

「こどもの日の深夜、五代さんは、かなり酔い、頭から血を流して歌舞伎町交番へ倒れ込みました。そのとき警官にきかれて、『カズコ』という名を何度も口にしています。病院に運ばれてからも、その名を口にしました。女性の名ではないかと思いますが、どこの人なのか、さっぱり分かりません」

「新聞記事によりますと、五代は、人を殺したといったそうですが？」

「そういっています。人を殺して、上高地の林に埋めたといいました」

五代のいったことにしたがって、上高地の六百沢を捜索したら、白骨化した人間の頭部だけが発見された。首をノコギリで切断し、ホテルのシーツと浴衣で包んで埋めたらしいと、道原は話した。

「五代が殺して、埋めたのでしょうか？」

江端は、眉間《みけん》に皺を立ててきいた。

「そのところはまだ分かっていませんが、彼が交番や病院でいったことが合っていましたので、あるいはそうではないかと思われます」

「そんなことをする男ではなかったのに……」

最近、五代に会ったのはいつかと、道原はきいた。

「今年の正月過ぎでした。二年以上会っていなかったんですが、彼から会社に電話があって、夕飯でも一緒にしないかと誘われましたので、会うことにしました」

「どこでお会いになりましたか？」

「歌舞伎町の小料理屋です」

「その店の名を覚えていますか？」

「彼と二、三回行った店ですから、知っています」

そこは、新宿区役所近くの「しのぶ」という店だという。その店に「カズコ」という女性はいないかときいた。

「女性の名までは知りません。五十ぐらいの女将《おかみ》と、二十歳ぐらいの女性が一人いるきりの店です」

「その日は、どんな話をされましたか？」

「彼とは商売の関係がありませんでしたので、いつも世間話でした」

「五代さんは、奥さんと別居していましたが、それはご存じでしたか？」

「別居を……。知りませんでした。いい奥さんですが、なにがあったんでしょうか？」

「奥さんは、五代さんの女性関係が原因だといっています」

「派手に遊んでいるようでしたから、奥さんを泣かせたんでしょうね。……新聞で彼の事件を知って、自宅に電話したら、誰も出ませんでした。別居していたとは……」

江端は、天井に目を向けた。

「しのぶ」という小料理屋で食事したあと、ほかの店へ行ったかときくと、これも二、三回、五代に連れられて行ったことのある歌舞伎町の「浮世《うきよ》」というクラブへ寄ったという。

「それは、どんな店ですか？」

「日本人と中国の女性が七、八人いて、客がカラオケでよく歌っている店です。五代は何年も前から行っているようです」

そこにも「カズコ」という名の女性がいるかどうか、江端は知らないといった。

「五代さんは、どんな飲み方をしましたか?」

「料理屋では、たいてい日本酒でしたが、クラブのような店ではウイスキーです。酒は強いほうですから、何杯も飲みます。ホステスにはビールやカクテルをおごりますし、冗談をいっては、大きな声で笑っています。カラオケで歌もうたいます。陽気になりますので、ホステスには好かれます。私のように遊び馴《な》れしていない者とは、大違いです」

「正月過ぎにお会いになったときは、『しのぶ』と『浮世』に寄っただけでしたか?」

「二軒だけです。彼はもう一軒行こうといいましたが、私は次の日のことを考えて、帰ることにしました」

「五代さんが行く店を、ほかにご存じありませんか?」

「三、四年前ですが、六本木の高級クラブへ案内されたことがありました」

「店の名を覚えていますか?」

道原がきくと、江端はまた目を天井に向け、考えていた。

「思い出しました。『桐子《きりこ》』という名でした。そこからは毎年、年賀状が届くものですから、覚えています」

「あなたは一度行っただけですか?」

「一度だけです。『サロメ』よりも静かで、客層も違っていたと記憶しています」

「その店にも五代さんは、たびたび行っているようでしたか？」

「最近はどうか知りませんが、そのころは通っているようでした。そうそう、彼の横にすわった和服の女性が、ずっと彼の手を握っていたのをおぼえています」

「いくつぐらいの人でしたか？」

「そのころ、三十ぐらいか、もう少しいっていたでしょうか……。背のすらりとした美人でした」

「その人の名前を覚えていませんか？」

「きいたと思いますが、忘れました。高級な雰囲気に私は、なんとなく気遅れした記憶があります」

「そういう店へ五代さんは、ちょくちょく出入りしていたのですから、金回りがよかったんですね？」

「不動産会社に勤めていたころは、毎月五、六百万円の収入があるといっていました」

「不動産会社を自分で設立したが、倒産したこともあったようですね」

「彼からききました。そのころ私は、彼と会っていなかったと思います」

「五代さんが、最近、どんな商売をしていたのかをご存じですか？」

「私には不動産業だといっていましたが、そうではなかったのですか？」

「それもはっきりしません。新宿署が詳しく調べているでしょうが」

道原は、ほかに五代のことをよく知っている人がいるかときいた。

「高校時代の同級生で付き合っていたのは、私と、甲府にいる竹田という男だけのようでした。東京や甲府での同期会にも、最近の五代は出席していませんでしたし」

道原は江端に礼をいって、椅子《いす》を立った。

江端の話には収穫があった。五代は、郷里の同級生に、羽振りのよいところを見せつけていたようだった。

江端のほうは、金回りのよい五代をうらやましがっていただろうか。内心、「こんな派手な遊び方をしていて、長くつづくものだろうか」と、冷ややかな目で見ていたのではないか。

豊科署に連絡した。大信州ホテルの六一一号室から検出された血液反応の血液型を松本署が検べたところ、六百沢沿いの林から掘り出された頭蓋骨の血液型と一致したという。

「伝さん。五代の細君から電話があって、さっき、いい忘れたことがあったというんだ」

四賀課長がいった。

それをきいて道原は、汐子の電話番号を叩《たた》いた。

三章　供花

1

「きのう、下井草の家へ行きましたら、玄関のドアの前に花束が置いてありました。さっき、それをいい忘れましたので」

彼女はいくぶんかすれた声でそういった。

「それは、誰かが、五代さんへの供花のつもりで置いて行ったのでしょうね？」

「そうだと思います。立派な花束でした」

彼女は花束を、五代の仏前に供えたという。

花を持ってきた人は、五代の自宅には当然妻がいるものと思って訪ねたのではないか。彼女が去年の九月から子供を連れて別居しているのを知らなかったのだろう。

「花束には、名刺とか、メッセージは添えてなかったですか？」

「ありません」

供花に訪れたのは、五代と親交のあった人に違いない。それなら名前を花束につけておきそうなものである。あとで妻に電話でもするつもりなのか。

道原は、汐子のいった、「立派な花束」という言葉が気になった。もしかしたら花を持って訪れたのは、女性ではなかったか。

五代が襲われた歌舞伎町を管轄する新宿署も、彼が死ぬ直前に何度も口にした、「カズコ」を女性の名とみて、彼が飲みに行っていたバーで、「カズコ」をさがしている。彼が死ぬ直前まで執着した「カズコ」は、事件関係者か、愛情を持っていた女性ではないのか。

「花屋を当たってみよう」

道原は伏見にいった。

伏見は、黒いバッグをコンクリートの上に置いて、道原の電話の終るのを待っていた。

五代の自宅の最寄り駅である西武新宿線下井草駅へ降りた。駅前に花屋があった。女性が二人いた。母娘に見えた。

「きのうのことですが、こちらで立派な花束を作ってもらったお客さんがいますか?」

「きのう花束をお買いになった方は何人かいましたが、立派な物とおっしゃると、どのぐらいの値段でしょうか？」

母親らしい女性がきいた。

「どのぐらいの値段だと、立派といえますか？」

「お花の種類にもよりますが、一万円以上ですと、結構見映えがします。ご自宅へ持って行かれたのですか？」

「亡くなってから五日ほどたった人の家へ持って行った物です」

「それでしたら、キクが主だったでしょうね」

道原はもう一度、汐子に電話し、玄関に置かれていた花の種類をきいた。

キクとユリとバラに、名を知らない白い洋花がまじっていたという。

それを花屋の女性に伝えると、きのうそういう花束を買った客はいなかったと答えた。

その女性の話で、一五〇メートルほど住宅街に寄ったところに花屋のあることが分かった。

教えられた花屋は、店の前に大振りな甕《かめ》に花を投げ込んで並べていた。二階が喫茶店だった。

道原はそこの主人らしい髭《ひげ》をたくわえた男に、きのう花束を買った人のことを尋ねた。

「きのうの昼少し過ぎにこられたお客さんじゃないでしょうか？」

と、少しのあいだ考えてから答えた。

「それは、どんな人でしたか？」

「女の方でした。二十五、六で、わりに背の高い方でしたね。私は、水商売をしている方だとみましたが」

「濃い化粧をしていたんですね？」

「いいえ。地味な洋服で、薄化粧でしたが、雰囲気で水商売の方だろうと想像しました」

「その女性は仏前に供える花だといいましたか？」

「ご自分で花を指定しました。花を買い馴《な》れている感じでしたね」

「訪ねる先の地理をききましたか？」

「いいえ」

地味な服装の二十五、六歳見当の女性は、一万二千円を支払うと、大きめなバッグを腕に掛け、花束を抱えて左のほうへ歩いて行ったという。五代の自宅は、その花屋から六、七分のところである。

「その女性が花束を置いて行ったのだとしたら、五代の家をよく知っていたんでしょうね？」

伏見がいった。

「いまの花屋の存在も知っていたような気がする」

「そうだとすると、五代の家へ何回も行ったことがあるんでしょうね？」

「初めて訪ねる人なら、駅を降りて花屋を見つけたら、そこで買いそうだ。訪問する家の地理もききそうな気がする。それを住宅街のほうへ一五〇メートルも行ってから買ったというのは、そこのほうが訪問する家に近いことを知っていたからだろうな」

「おやじさんは、五代の家の玄関へ花束を置いて行った人は女性だと思いますか？」

「花の種類と花束の大きさからみて、女性だと思う。花を買いつけていない男だと、花屋にまず予算を告げるんじゃないかな。あの花屋の主人が、花束を作らせた女性は、花を買い馴れているといった。それと水商売じゃないかという観察も当たっているような気がする」

下井草駅へ戻ると、花屋の母娘とみられる二人がこっちを向いた。

道原はさっきの礼をいった。

「いかがでしたか？」

母親と思われるほうがきいた。刑事の聞き込みに興味があるらしかった。

道原は、花束をあつらえたのは、二十五、六歳見当の女性だったと思われるといった。

その女性なら見掛けた記憶があるとでも答えるかと思ったが、道原の期待は裏切られた。

2

新宿署で川島刑事に会った。

道原は、五代の友人の江端からきいたことを川島に報告した。

江端は五代に連れられて、赤坂や六本木のクラブへ何度か行っていた。それらの店に「カズコ」という名のホステスがいたかどうかは知らなかったという。

「五代の行っていた店を、片っ端から回ってみましょうか？」

川島はいった。

五代が江端と一緒に行ったうちの二軒は歌舞伎町にあった。二人がよく落ち合ったのは「しのぶ」という小料理屋だった。

そこは新宿区役所のすぐ近くにある古い小さなビルの一階だ。五十年配の主婦と二十歳ぐらいの髪を短くした女性がいた。

まだ客は一人も入っていなかった。三人の男が刑事だと知った女将《おかみ》は、タオルで手を拭《ふ》きながら頭を下げた。

「五代和平さんを知っていますね？」

川島がきいた。

「はい。とんだことになって……」

彼女はいうと、三人の男にカウンターに並んだ椅子《いす》を勧めた。

「ビールになさいますか？」

女将は三人にきいた。この商売を長年やっていそうだった。

「仕事中なんだ」

川島は無愛想ないい方をした。

「うちは、お茶を出しませんよ」

「なにも要らない。……五代さんは何年も前からきていましたか？」

「五年か六年は……」

「いつも一人でしたか？」

「あの方は、連れなしでは飲めないです」

「連れてきた人の名を知っていますか？」

「いつも男の人と見えましたが、お名前は知りません。ごくたまに夜遅くなってから
くると、クラブに電話して、そこのおねえさんを呼んでいました」

「なんていう店の？」

「よく行っていたのは、風林会館の裏の『浮世《うきよ》』という店です」

その店へは、江端も連れて行かれたことがあったといっていた。

「『浮世』には好きなコでもいたのかな？」

「チエコさんという人をお気に入りだったようですよ」

女将はカウンターの中でなにを洗うのか、水音をさせた。

若い女性は手を動かしながら、会話をきいている。

「『カズコ』という名に覚えはありませんか？」

「さあ。……この裏に『かずこ』という小さなバーはありますけど」

川島はノートにメモを取ると椅子を立った。

道原と伏見は、川島のあとにしたがった。

「かずこ」は、七、八人すわるのがやっとのカウンターバーだった。五十に手が届いていそうな小柄なママが一人でやっていた。

川島が、五代和平という男を知っているかときいた。ママは首を横に振った。川島は五代の写真を見せた。

「うちへはきたことのない人ね」

ママはそういうと、タバコに火をつけた。

「クラブ・浮世」には客が何人か入っていそうだった。四十代の肥えたママを外へ呼び出した。

五代はいい客だったと、ママはいった。

「カズコというコはいますか？」

川島がきいた。

「前にいましたけど、うちをやめました」

「いまは？」

「歌舞伎町交番の近くの『れん』という店にいるらしいですよ」

「交番の近く……」

川島はつぶやきながらメモを取った。

「チエコっていうコは、きていますか？」

「いますよ」

「五代さんが気に入っていたらしいが？」

「お酒の強いコです。お店が終ると五代さんと付合ったことがあるっていってました」

「日本人？」

「ええ」

「呼んでもらえませんか？」

ママは逃げるように店へ飛び込んだ。

色の白い瘦《や》せた女性が出てきた。チエコだった。歳をきくと二十二だという。

「あんたは、五代さんと親しくしていたそうじゃないか？」

川島は、チエコをビルの壁へはりつけるようにしてきいた。

「親しくというか……」

「なんだね。はっきり答えてくれないか」

「一度だけ、いうことをきいただけです」

「ホテルにでも行ったということか？」

「一度だけです。ほんとうです。わたし、彼がいるからダメだっていったんですけど、五代さん、どうしてもっていうもんですから」

「彼に呼び出されて、何回か飲みに行ったらしいじゃないか？」

「お店が終る間ぎわによく電話がきました。一緒に飲むだけならどうってことはないと思って、お付合いしました」

「五代さんが殴られた日、この店へはこなかったかね？」

「あれは、こどもの日じゃなかったでしょうか？」

「そう。五月五日だった」

「うちのお店はお休みでした」

「前にこの店に、カズコさんという人がいたらしいが、あんたは知っているかね？」

「お客さんからきいたことあります。いまも歌舞伎町にいるらしいですよ」

「その人と、五代さんは親しくしていたんじゃないかな？」

「知りません」

「五代さんは、あんたには、カズコという人の話をしたことはなかったかね？」

「きいたことありません」

川島はノートをポケットにしまった。

チエコは、「もういいですか？」ときいてから、ママと同じように逃げるように店の中へ消えた。

「クラブ・れん」は歌舞伎町交番のすぐ近くのビルの地下にあった。

黒い服を着た店の男に、「カズコというホステスはいるか」と川島はきいた。男は、いったん、「いません」といってから、

「ゆかりさんのことじゃないでしょうか？」

ときいた。

「ゆかりというコの本名がカズコかね？」

「たしかそうだと思います」

男は上目遣いで答えた。

ゆかりが出てきた。二十七、八歳の長身だった。髪を赤く染めている。

「五代和平さんを知っているかね?」

「五代さん……。きいたことある名ですけど」

「この前、この近くの工事現場で殴られて、そこの病院で死んだ人だ」

「ああ。ときどき『浮世』へきていたお客さんね。うちのお店へは一回もきたことありません」

「あんたと親しくしていたんじゃないのかね?」

「いやだ。『浮世』で、席にはついたことあると思うけど、どんな人だか、よく覚えていないくらいです」

「五代さんは、死ぬとき、『カズコ、カズコ』っていっていたんだよ」

「いやっ。気味が悪い。……カズコなんて名前の女、掃いて捨てるほどいるじゃないですか。あたしは、その人から名前を呼ばれる覚えはないですよ」

「五月五日、この店は営業していたかね?」

「日曜と祭日はお休みです」

川島は念のためだといって、ゆかりの本名と住所をきいた。彼女は高橋カズ子だと答えてから、

「あたしは無関係ですからね」

といった。

地上に出ると川島はあくびをした。空には星が二つ三つ見えた。歌舞伎町交番へ寄った。中年の警部補が川島を見て敬礼した。ひと休みしてから、三人で赤坂へ行くことを話し合った。

「この辺の飲み屋の値段は、どのぐらいですか？」

道原が川島にきいた。

「いまの『れん』は一人二万円ぐらいです。さっきの『浮世』は安いほうですね。一万円から一万三千円程度じゃないでしょうか」

「それにしても、毎晩飲んでいたら大変な金額です」

「五代のような男は、一軒じゃ終らないでしょうからね。飲んだあとは女が欲しくなる。道端に立ってる女は怖いから、行きつけの飲み屋のホステスを口説くんです。飲みに連れて行ったり、食事代で、高いものにつくでしょうね」

パトカーが巡回連絡にやってきた。三人はそれに乗って新宿署へ送ってもらった。署からは黒い乗用車が赤坂の一ツ木通りへ送ってくれた。

江端がいっていたとおり、「クラブ・サロメ」には若いホステスが何人もいた。店も広そうだった。

黒服のマネージャーが奥へ消えて、ママを呼んできた。

「五代和平さんを知っていますね？」

今度は道原がきいた。

「はい。古いお客さまでしたから」

和服を着た四十半ばのママは答えた。目が大きくて口の小さい人形のような顔立ちだった。

「五代さんは、しょっちゅうきていましたか？」

「以前は、週に二回ほどお見えになりましたが、この三、四年は、月に一度がいいとこでした」

「誰を目当てに通っていましたか？」

「誰だったんでしょうか。あの方は、席についたコにはかならず名刺をお渡しになって、デートしようって誘っていましたから」

「その中でも、気に入っていた人がいたはずですが？」

道原は、ママの小振りの顔をにらんでいった。

「あの方、どちらかというと地味なタイプのコがお好きでしたから、千明《ちあき》のことかしら？」

「その人の本名は、カズコでは？」

「いいえ。千明が本名です」

「カズコという人に心当たりはありませんか？」

「うちのお店にはおりません」

「ずっと前も？」

「おりません」

ママは奥へ引っ込んで、千明を呼んできた。

千明はわりに小柄だった。白いボタンの目立つ黒いスーツを着、白いハイヒールを履いていた。顎《あご》が尖《とが》っているが、ととのった顔立ちで、二十代に見えた。

彼女は、一度だけ五代に夕食をおごられ、同伴で店へ出たことがあったと答えた。

五代がカズコという名を口にしたことはないかときいてみたが、「覚えはありませんといって、頰に手を当てた。

3

六本木へ移った。「クラブ・桐子《きりこ》」という店を交差点にある交番できいた。

その店はビルの五階にあった。銀色の縁取りをしたドアはぴたりと閉まっていた。

ドアを開けると音楽が低く流れていた。

黒服に黒の蝶《ちょう》ネクタイをした男が出てきた。見知らぬ男が三人入ってきたので、男は目つきを変えた。奥のほうから男と女の話す声がきこえた。

警察の者だが、五代和平のことについてききたいと道原が告げると、男は迷惑そうな表情をして奥を窺《うかが》った。彼も五代を知っているようだった。

「ママは接客中ですので、喫茶店で二、三十分お待ちになっていただけないでしょうか？」

男は、ビルの斜め前にある喫茶店を教えた。

道原たちもこの店では話ができないと思っていた。

コーヒーを飲み終えたところへ、四十そこそこと思われる、背のすらりとした和服の女性が現われた。

「桐子でございます。お店が混んでおりましたので、失礼いたしました」

彼女は丁寧に腰を折った。着ている物も上等だが、彼女の物腰には品があった。店内をのぞくことはできなかったが、江端の話だと、五代に連れて行かれたクラブでは最も高級感があったということだった。

五代は、「クラブ・桐子」に十二、三年通っていたという。

「うちのお店は、わたしの母がやっておりました」

「あなたは二代目というわけですか」

「母は六十近くになりますと、毎日お店に出るのが疲れるといって、三年前にわたしに任せるようになりました。五代さんは、母がやっているころからのお客さまでした」

「五代さんと一緒におたくの店へ行った人の話だと、気に入った女性がいて、ちょくちょく通っているということでしたが?」

「美貴《みき》というコのことだと思います。お店では彼女を五代さんの担当にしておりました」

「三十三、四歳の人ですか?」

「そんなものです」

「その人の本名は?」

「荒尾《あらお》美貴です。うちのお店では二番目に古いコです」

「カズコさんという人はいませんか?」

「おりません。ずっと前にはおりましたが」

「何年ぐらい前ですか?」

「もう十年にはなると思います」

名前は和子だったが、姓は知らないという。

和子は、桐子の母親・富子《とみこ》が店をやっているころに働いていたホステスだという。

「あなたのお母さんは、あなたの名前を店の名にしたんですか？」

「ゆくゆくはわたしにお店をやらせようとしたのです」

といって、桐子は目を笑わせた。

富子は、十八、九で銀座のホステスになった。その店へ客としてきていた男と親しくなって、その男の子を産んだ。二十二のときだった。桐子と名づけて育てていたが、男が急死した。男は桐子を認知していた。遺言に、富子と桐子のことを書いていた。富子が自活できるようにしてやってくれと認《したた》めてあった。

富子は彼の遺産を分与され、それを元手にしていまの店を開き、娘の名をつけた。

「よけいなことを、お話ししてしまいました」

桐子は顔を伏せると、ハンカチで唇を軽く押さえた。

和子のことに話を戻した。彼女をよく知っていたかと桐子にきくと、母は和子を気に入っていたからきいてみてはどうかといった。

「お母さんはご自宅ですか？」

「はい。まだ起きているでしょう。水商売の習慣がついていますから」

といった。

五代はどんな客だったかと桐子にきいた。

「お金の払いはいいし、お店の女のコと楽しく遊ぶ方でした」

「美貴さんは、五代さんのことをよく知っていそうですか?」

「どうでしょう。五代さんは、席についた女のコをすぐに口説く癖がありましたから、ほんとうに美貴のことを好きだったかどうか分かりません。二年ぐらい前だったでしょうか、五代さんは、AVの女優さんを連れてお見えになったことがありました。その人とは親しそうに見えました」

「AVの……。なんという女優か、覚えていますか?」

「島村容子《しまむらようこ》さんです。写真集も出ています」

道原はその名をノートに控えた。

富子と桐子の自宅は、車なら十分ほどの南青山だという。桐子は母親に電話した。

「一時ごろまでは起きてテレビを観ているそうです。お客さまとお食事をしなかったら、わたしは一時ごろに帰ります」

桐子はそういって、タクシーの運転手が分かるようにと地図を描いた。

「深夜に三人もお邪魔して、ご迷惑ではないでしょうか?」

道原がいうと、母はかえって喜ぶだろうと、桐子は笑顔を見せた。

富子の住まいは、ベージュ色のレンガ造りの高級な雰囲気のするマンションだった。周りには何棟もマンションが建っているが、見劣りがした。

彼女ら母娘の姓は「石丸《いしまる》」ということが分かった。

「さあ、どうぞ。お上がりください」

富子は玄関へ出てくると、スリッパを三足出して刑事を迎えた。桐子がいっていたとおり、思いがけない客を歓迎しているようだった。

グレーの革張りのソファはゆったりしていた。幾部屋あるのか、広そうだった。ここに母娘二人きりとは贅沢《ぜいたく》に見えた。

富子がクラブを開いて約十八年になるというが、その間に景気のいい時期があって、儲《もう》けたのか。

「夜になると、まだ肌寒いですね」

富子はそんなことをいって、いきなりウイスキーを出した。

仕事中だから酒は困るというと、

「きょうはもう上がりでございましょ。少しぐらい召し上がってください。そうむずかしいお話でもなさそうですし」

といって、馴れた手つきで光ったグラスに氷を落とした。

壁にはバレリーナの油絵が飾ってある。古いものらしかった。

「五代さんは、新宿で殴られて、お亡くなりになったそうですね」

彼女のほうから話し始めた。

「かなり酔っていたようです」

道原がいった。

「酒癖は悪くはありませんでしたが、よくお飲みになる方でした。うちの店が終ってから、女のコを二人も三人も連れ出して、遅くまでやっている店へ飲みに行っていましたよ」

「いいお客だったそうですね？」

「ええ。ツケはためませんしね」

道原は、五代が死ぬ直前、「カズコ」と繰り返し口走ったことを話し、

「十年ぐらい前に、おたくの店に和子さんという人がいたそうですね？」

と、富子の小さめな顔を見てきいた。

「うちの店には、三年ばかりいました。いいコでしたよ。きれいだし、明るくて、お客さんによくモテました」

和子を目当てに通ってきていた客が何人もいたという。

「五代さんは、どうでしたか？」

「そういえば五代さんも、その一人でしたね。店へいらっしゃると、ほかのお客さんが見ていようがおかまいなしで、和子の手を握っては、なにか小さい声で話していましたね」

「親しくしていたんでしょうか？」

「さあ、どうだったでしょう。あのコはしっかり者でしたから、奥さんのいる人と深い関係にはならなかったんじゃないでしょうか」

「和子さんは、おたくの店をやめて、どうしたのかご存じですか？」

「あのコは青森の出身でした。銀座で働いていたんです。あのコのいる店へ、わたしはお客さんに連れて行かれ、ひと目見て、いいコだなって思ったんです」

それで何日か後に電話を掛け、日曜日に会うことにした。うちの店で働いてもらえないかとスカウトしたのだ。すると和子は条件を呈示した。いま働いている店より高い給料を出してくれるなら移ってもいいといった。

富子はその条件を呑《の》むことにした。和子なら他のホステスの倍の給料を払っても、客はきてくれると踏んだのだった。

一か月後、和子は富子の店へ移った。彼女は、電話すればかならずきてくれる客が三十人ぐらいはいるといっていた。その言葉どおり、銀座の店へ通っていた客が、毎日一組はやってきた。それを見て富子は、和子が出した条件よりも多く給料を払うことにした。

富子は和子を当てにしていたが、三年ほどたったある日、青森で一人暮ししている母親が病気になったので見に行ってくるといって休んだ。十日ほどたって、彼女は富子宛《あて》に手紙をよこした。母親の病状が思わしくないので、もうしばらく休ませてもらいたいと書いてあった。

「それっきりでした」

「その後、音信がなかったんですか？」

「お母さんがどうなったとも、店をやめるとも……」

電話一本こないのだという。

「東京ではどこに住んでいましたか？」

「品川でした。和子は、家賃の安いせまいアパートにいるといっていました」

「その住所を覚えていますか？」

「書いてあったんですが、ここへ引っ越すときに失《な》くしてしまったようです」

「名前を正確に覚えていますか？」

「変わった苗字でした」

富子は、こめかみを揉《も》むような手つきをしていたが、

「思い出しました。赤堂《あかどう》です」

「赤堂和子」

「そういっていました。うちでは戸籍を取ったわけじゃありませんから、ほんとうにその名前だったかどうかは知りません」

「和子さんの実家は、青森市でしたか？」

「そうじゃなかったですね。青森市からはだいぶ離れているようなことをいっていました」

「現在、いくつでしょうか？」

「うちをやめるとき、三十か、三十一でした」

玄関の戸の開く音がして、「ただいま」と、女性の声がした。桐子が帰ってきたのだった。

「お疲れさん」

富子がいった。

桐子は居間へくると、三人の刑事にあらためておじぎをした。

「きょうは、どうだった？」

母親はソファにすわったまま娘にきいた。

「ひまだったわ。全部で七組」

「不景気だねえ」

桐子は背中を向けかけたが、

「刑事さん、おすしでも取りましょうか？」

と、振り向いた。

道原も川島も、遠慮して手を横に振った。

五、六分すると桐子は、薄いセーターにスカート姿になってやってきた。
「刑事さんに和子のことをきかれているんだけど、お前、あのコの田舎の住所をどこかに書いているかい？」

富子がきいた。

「お母さん、和子さんからきた手紙を持っていたじゃないの」

「とっくにどっかへいっちゃったよ」

「もう、十年ぐらいになるものね」

桐子は、三人の刑事のグラスに氷を落とした。

4

和子の母親は、青森で一人暮しだったというが、父親とか兄妹はどうしているのかをきいていたかと、富子にきいた。

「お父さんの顔は知らないっていってましたね。お母さんが離婚したのか、それともあのコが小さいとき、亡くなったのか……」

富子は、テーブルの上の革のケースからタバコを抜いて火をつけた。

「和子さんは、現在、どうしていると思われますか？」

道原は、富子の吐いた煙の行方を追いながらきいた。

「勝気だし、水商売に合った性格ですから、青森のどこかの繁華街で、バーでもやっているかもしれませんよ」

「案外、東京にいるんじゃないかしら?」

桐子がいった。

「東京でバーをやっているっていうの?」

「年齢からいったら、自分でやっていそうね」

「東京でやっているんなら、連絡くらいすればいいのに。うちには不義理はないんだもの」

富子は恨むようないい方をした。

「店には和子さんと仲よくしていた人はいなかったんですか?」

川島がきいた。

「うちで一番古い幸《さち》というコとは仲よしでしたけど、青森へ行ったきり一度も連絡がないといっていました」

道原は富子の話をきいていて、ひょっとしたら「クラブ・桐子」へ移る前にいたという銀座の店に、仲よしのホステスがいたのではないかと気づいた。

その店の名は「クラブ・花紋《かもん》」といって、銀座八丁目だという。

桐子は、幸の自宅へ電話を掛けた。和子の消息を知らないかときいた。幸は、知らないと答えたようだ。

「あんたのところへ、青森から連絡があった？」

桐子はきいたが、それもないといわれたらしい。

今夜は、小料理屋とクラブを五軒回ったが、五代の自宅へ花束を持って行った人は分からなかった。

東京出張のたびに泊まる西新宿のビジネスホテルに着いたのは、午前二時過ぎだった。

次の朝、四賀課長に連絡を入れた。

豊科署ではきのうも犬を使って、六百沢沿いの森林を捜索した。その結果、膝《ひざ》から下の両足とみられる白骨を発見したという。これはバスタオルにくるまれていた。土に汚れてはいたが、タオルについているマークによって大信州ホテルの物と確認された。したがって先に発見された頭蓋骨《ずがいこつ》と同一人とみられている。

「他の部分もその近くに埋められていそうですね」

道原はいった。

「頭蓋骨が見つかったところと、両足の骨が出てきた位置は、二〇〇メートルぐらい離れていた。犯人は、一〇〇メートルか二〇〇メートルの間隔をとって埋めたんだろうな」

捜索はきょうも続行されるという。

道原は、ゆうべの石丸母娘の話を伝えた。

「そのクラブに十年前までいたという、赤堂和子の居所を突きとめる必要はあるな」

「私もそう思います」

道原はそういってから、五代の自宅へ花束を置いて行った人間も気になるといった。

「五代は謎《なぞ》だらけだ。彼が人を殺して、上高地に棄《す》てなかったら、うちの署はこんな事件を抱えなかったのに、まったく恨めしいよ」

課長は愚痴をこぼした。

まだ、五代が人を殺して、遺体をバラバラにして遺棄したものと断定できたわけではないが、彼が死ぬ直前に口にしたとおり、上高地から遺体が出てきたのだ。彼の犯行であることはまず間違いなかろう。

彼が遺体の捨て場を上高地に選んだのは、かつて山登りをしていて、たびたび訪れた土地だったからに違いない。

道原と伏見はきょう、甲府市に住む竹田という男を訪ねることにしている。竹田は、五代の高校時代の同級生の一人である。

いつもより三十分ほど遅い朝食をすませたあと、松本行きの特急に乗り、甲府で降りた。

道原たちが乗った列車には登山装備をした人たちが何人もいた。北アルプスへ向かう人たちもいるだろうが、十人ばかりが大型ザックをかついで甲府で降りた。広河原《ひろがわら》から北岳《きただけ》にでも登るのではないか。甲府は南アルプスへの登山基地である。

駅前のバス乗り場には、小振りのザックを足元に置いた中年のグループがいた。最近の登山基地には、四十代、五十代の男女の登山グループの姿がよく見られるようになった。

竹田は山梨交通の社員だった。メガネを掛けた彼は総務課長の肩書きの入った名刺を出した。

「竹田さんは五代さんと、高校時代からよく山へ登っていたということですが？」

道原は、五代の妻にきいたのだといった。

「一緒によく登りました。私は彼と気が合いましてね、学校の行き帰りもたいてい一緒でした」

竹田の目に五代は、少年のころから豪放で磊落《らいらく》な性格に映った。それが魅力的であり、うらやましかったという。

「お二人で、おもにどこの山へ登られましたか？」

「北岳には三、四回登りました。白峰三山《しらねさんざん》を縦走したこともあります。鳳凰三山《ほうおうさんざん》もやりましたし、甲斐駒《かいこま》にも登りました。彼が東京へ出てからも何度か山へ行きました。彼は親不孝者でしてね、私と山へ登るためにだけ甲府へやってきて、親に会って行かないこともありました」

「五代さんは、養子だったということでしたね？」

「韮崎《にらさき》の農家に生まれ、小学校三年のとき、甲府の五代家の養子になったときいていました。七人兄妹の三男だったそうです。小学生のころは、手のつけられないやんちゃ坊主だったんじゃないでしょうか」

「高校生になっても、その片鱗《へんりん》がありましたか？」

「同級生とよく喧嘩《けんか》をしていましたが、いじめられている中学生なんかを見ると、放っておけないらしくて、弱い子をいじめた者をきき出して、制裁を加えるんです。私なんか、はらはらして見ていたものです」

竹田は古いことを思い出してか、遠くを見る目つきをした。

五代と一緒に、上高地から北アルプスに登ったことがあるかときくと、社会人になってから一度だけあるという。

「五代は何度も登っていたらしくて、穂高《ほたか》周辺の事情に通じていました」

「五代さんには、あなたのほかにも一緒に山へ登っていた友だちがいたと思います」

そういう人を知っているかと、道原はきいた。

「いたはずです。穂高へも後立山《うしろたてやま》へも、東京で知り合った人と登っていっていましたから。私は彼のそういう友だちを知りません。私はいつも彼と二人きりで登っていましたので」

道原は、五代が死亡したときのもようと、松本市の大信州ホテルに五代と思われる男が泊まり、備品であるシーツやタオルや浴衣がなくなっていたことなどを話した。

「つまり、五代が死ぬ前に、人を殺して上高地の六百沢に埋めたといったことが、裏付けられたんですね」

竹田は顔を曇らせた。五代が新宿・歌舞伎町《かぶきちょう》で事件に遭ったことも、上高地でバラバラにされた人骨の一部が発見されたことも、新聞の報道で知っていたが、刑事から直接話をきいて、その生なましさに身震いしているようでもあった。

「不動産業で儲けて、派手な生活をしていたのは知っていましたが、まさか殴り殺されるなんて……。彼が人を殺して山の中に埋めたのが事実なら、殺された人の関係者に、それの仕返しを受けたんじゃないでしょうか？」

「それも考えられます」

「上高地に埋められていた人が誰なのかは、まだ分かっていないんですか？」

「まったく不明です。身内の者ではないかという届け出も、いまのところありません」

「豪放な性格が裏目に出たんじゃないでしょうかね」

竹田は、メガネの縁に指を当てた。

「あなたは、東京で五代さんにお会いになったことがありますか?」

「何度かあります」

「一緒に飲んだことは?」

「あります。彼は、高校生のころから酒を飲みましたからね」

「クラブへ一緒に行かれたことがあるでしょうね?」

「高級クラブへも何度か連れて行ってもらいました」

なんという店か覚えているかときくと、店の名は一軒も覚えていないが、赤坂と六本木の店で馳走《ちそう》になったと答えた。そこはどうやら「クラブ・サロメ」と「クラブ・桐子」らしかった。

「カズコ」という名に心当たりがあるかをきいた。

「いいえ。どこにもありそうな女性の名前のようですね」

「甲府のバーでも飲んだことがあるでしょうが、『カズコ』という人はいなかったでしょうか?」

覚えがないと、竹田は首を横に振った。

5

東京へ引き返した。夕方、銀座の「クラブ・花紋」を訪ねた。ホステスが十五、六人いる店だった。

まだ客は入っておらず、ホステスが次つぎと出勤してくる時間だった。

黒服のマネージャーに、赤堂和子を知っているかときいたところ、古いことはママでないと分からないといわれた。

ママは八時に出てくるという。道原と伏見は、安そうな店をさがして夕食を摂った。

電話でママを呼び出した。エレベーターを降りてきたママは小柄な人だった。とうに五十を過ぎていそうだが、薄化粧した顔にはほとんど皺《しわ》がなかった。

「和子さんのことですか?」

ママはマネージャーから刑事の用件をきいていた。

「六本木のクラブで、三年間ほど働いて、母親が病気になったといって、青森へ帰ったきり出てこなくなったということです」

「そう、あの人、青森の出身でした」

「出身地か実家が、青森のどこだか分かりませんか?」

ママは顎に手を当ててしばらく考えていたが、思い出さないといった。

「おたくの店では何年ぐらい働いていたんですか?」

「五年ぐらいだったと思います。うちの店へきたとき、あの人、二十二、三でした」

「どういう縁で、おたくの店へは?」

「青森にいたけど、友だちが東京へ出てきていて、その人を頼ってきて、東京で働いていたようです。そのころ、うちは開店したばかりでした。和子さんは、たしか募集広告を見て面接にきたように覚えています。水商売は初めてといっていました。色白で、背がすらっとしていて、磨けばいいホステスになるとわたしは見抜きました」

「そのとおりでしたか?」

「うちでは、和服を着せました。着物を一着も持っていないというものですから、わたしのを着てもらいました。化粧のしかたも覚えて、半年もすると、入ったころとは見違えるようないい女になりました」

二年ぐらいたつと、彼女を当てにして通ってくる客が何人かいた。和子のほうから声を掛けなくても、彼女と外で会って、店へ同伴する客もいた。

そのころからママは、和子が他の店へ引き抜かれるのを警戒するようになった。ママ自身が、他の店に和子がいたら引き抜いたろうと思った。

「親しくなった男の人はいましたか?」

「うちの店に入って二年ほどしたころでしたか、病院の先生といい仲になっているという噂《うわさ》がありました。ときどき同伴してきていましたが、噂どおりだったかどうかは分かりません。そのほかにも画廊の経営者と昼間会っているという噂もありました。あ、そうそう。画廊を経営している人の紹介で、画家を知って、その先生の絵のモデルになったこともありました」

「なんという画家ですか？」

「由良公造《ゆらこうぞう》先生です」

長野県出身で、日本画壇の重鎮である。

和子は由良画伯の描く美人画のモデルになり、銀座の画廊で催された個展には、その絵が二点出展されていたという。

「和子さんは、由良先生の世田谷のお宅へしばらく通っていましたし、ときどきお食事を一緒にしていたからでしょうか、先生の愛人ではないかなんていう人もいましたよ」

「評判のホステスさんだったんですね？」

「それはもう。銀座や赤坂のクラブから、うちの店で働かないかと、何度も誘われていたようです」

ママが憂慮していたことが現実になって、和子は六本木の「クラブ・桐子」に引き抜かれることになった。

「あのときは、悔しい思いをしました。わたしが大事にして磨き上げたのに、一番いいときに引き抜かれたんですもの。ホステスとして働くんなら、赤坂や六本木じゃなくて、銀座なのよって、説得したけど、『桐子』という店の雰囲気が気に入ったらしく、出て行ってしまいました。『桐子』では、よほどいい条件を出したんでしょうね」

五代和平という客がきていなかったかを、道原はきいた。

「うちにはおいでになっていません。なにをなさっているかたですか?」

「不動産会社に勤めていたことがあるし、自分で不動産業や金融業を経営していた人です。じつは、その人は、こどもの日の深夜、歌舞伎町で殴られたのが原因で亡くなりました」

「ああ、あの事件の……。その方と和子さんがなにか?」

「和子さんが働いていた六本木のクラブの客でした。和子さんを気に入っていた一人ということです」

道原は、五代が息を引き取る直前まで、「カズコ」という言葉を口走っていたことを話した。

「あの和子さんのことかしら?」

ママは、正面のビルを出入りする男女の姿を追うような目をした。

道原たちのいる目の前へ、黒い大型乗用車がとまった。クラブのママやホステスに送られて出てきた肥えた男が、大儀そうにその車に乗った。車が滑り出すと、女性たちは一斉に腰を折った。同じような光景が華やかにネオンを飾った通りのあちこちで繰り広げられている。

道原はママに、当時の和子の私生活がどんなふうだったかときいた。

「あのころ彼女は、たしか品川区のアパートに住んでいましたね。そこを見たことはありませんが、家賃の安い部屋だといっていました。着る物も持ち物もあまり買わないし、地味な暮しをしていたようです。わたしとしては、もっと服装にお金を掛けて欲しいと思っていましたけど」

そういってから彼女は、和子の出身地が、歌の文句にあったといった。

「なんという歌ですか？」

伏見がきいた。

「それを思い出せません」

「どんな歌ですか？」

伏見は、メモを構えている。

「演歌だったような気がしますが……」

「誰がうたっている歌ですか？」

伏見は、ママの顔に注目しているが、彼女の首は傾いたきりだった。

地名の入った歌は数えきれないほどある。東北の地名の入った演歌はことに多い。和子の出身地の地名を、店の誰かにきいてくれないかと伏見がいうと、

「和子さんを知っている者が一人もいませんからね」

といいながら、エレベーターに乗った。

十分ばかり待っていると、ママはエレベーターを降りてきた。ホステスたちにも客にもきいたが、歌の文句にある地名は分からなかったという。

昼のように明るい喧騒の通りから逃げるように歩き出したとき、

「龍飛岬《たっぴみさき》じゃないでしょうか？」

伏見がいった。

「その地名はたしかに演歌に入っていたな」

「青森県です。津軽《つがる》海峡西口の角です」

龍飛岬のある町か村の名は分からなかった。道原は行ったことがなく、歌できいただけの地名である。

伏見も訪れたことはないという。

なんとなくさいはての地という感じがする。

書店があったら、地図を見ようと思い、くだもの屋の人にきくと、有楽町駅のほう

へ行くと大きな書店があるが、もう閉まっているのではないかといわれた。

それでも二人は、書店へ向かって歩道を走った。

書店はシャッターを下ろしていた。

道原は思いついて、電話ボックスへ入り、由良公造の電話番号をきいた。その住所はやはり世田谷区だった。

高名な画家に夜間電話するのは気が引けたが、掛けてみた。夫人なのか、年配の女性が応じて、画家は外出しているといわれた。

あした、あらためて掛けることにし、豊科署へきょうの捜査結果を報告した。

牛山が出て、六百沢沿いの森林から、きのうにつづいて髖骨《かんこつ》とみられる人骨を発見したといった。両足の骨が発見されたところとは、五、六〇メートル離れた地点という。

四章　遭難者

1

道原は、石丸富子に電話した。六本木の「クラブ・桐子」のオーナーだ。その店はいま、娘がやっている。

彼はきのうの深夜に自宅を訪ね、赤堂和子について尋ねた礼をいった。

「なんのお役にも立てなくて、すみません。わたしは隠居の身でひまですから、いつでも遊びにお寄りください」

六十二歳の富子は話し相手を欲しがっているようだった。

「おたくの店へ、画家の由良公造さんが寄ったことがありますか？」

「何度もお見えになりました。由良先生は、和子の銀座時代からのお客さんでした。和子を贔屓《ひいき》にしていらして、月に二、三度はいらっしゃいましたね。先生がおいでになると、和子はお宅までタクシーでお送りしていました。あのコのお陰で、うちの店は格が上がりました」

店でも高名な画家の由良を大事に扱っていたらしい。

「和子さんが銀座の『花紋』にいたころ、由良さんの愛人ではないかという噂《うわさ》が飛んだことがあったそうですが、噂だけだったでしょうか？」

「そういう目で見れば、タダの仲じゃなさそうな気もしましたけど、由良先生がうちの店へおいでになっていたころは、七十近くなっていらしたと思いますよ」

「男女の間柄に年齢は関係ないと思いますが」

「そうですね。和子はたしかに由良先生に可愛がられてはいました」

「由良さんは、最近、おたくの店へは？」

「和子がいなくなってからは、お見えになりません。お客さんは現金なものです」

「ひょっとしたら、由良さんは和子さんの消息をご存じではないかと思ったものですから」

「ご本人におききになってみては、いかがですか？」

「そう思っていますが、二人が特別な間柄ですと、ご自宅で話を伺うわけにはいきません」

道原は、由良のほかに和子を贔屓にしていた客の名をきいた。

「幾人もいましたが、わたしが覚えているのは、築地《つきじ》の病院のお医者さん、それから東京と大阪に画廊を持っていらっしゃる方。そうそう、恭風《きょうふう》出版の社長さんは、毎週お見えになっていらっしゃいました」

道原はその三人の氏名を正確にきいて、ノートに控えた。

富子への電話を終えると、由良公造の自宅の電話番号を押した。

昨夜は夫人と思われる人が応じたが、きょうは若い女性だった。

「先生は、葉山《はやま》の別荘です」といった。そこの電話番号を教えてもらった。

別荘へ掛けた。今度も若い女性の声だった。

画家はどういう女性を近くに置いているのか、道原にはその生活が想像できなかった。

電話は枯れた声に代わった。由良だった。

十年ほど前、六本木のクラブにいた赤堂和子と連絡を取りたいのだが、最近の消息を知っているかと道原はきいた。

「私のことを、どこでおききになったんですか？」

画家は警戒するようなきき方をした。

銀座のクラブだというと、

「近ごろ、銀座へも六本木へも出掛けていませんので……」

画家は話を逸《そ》らすようなことをいった。

「赤堂和子さんを覚えていらっしゃいますか？」

「知っています」

「いま、どちらにいらっしゃるのでしょうか？」

「あの人は、札幌にいるんじゃないでしょうか。よく分かりませんが」

「札幌……。やはりクラブのようなところで働いているのでしょうか？」

「彼女のことなら、私よりも詳しい人がいるんじゃありませんか？」

「それが分からないものですから、先生にお伺いすることになったのです」

由良は数秒のあいだ黙っていたが、瀬木《せぎ》という画廊経営者が知っているかもしれないと曖昧《あいまい》に答えた。画廊の名は「塊画堂《かいがどう》」だという。

石丸富子が、和子の客の中に画廊経営者がいたといったのは、瀬木のことではなかったか。

画家に丁寧に礼をいって電話を切ってから、道原はいまの会話を反芻《はんすう》した。

客とクラブのホステスというだけの関係なら、なぜそんなことを自分にきくのかとつっぱねそうな気がするが、和子は札幌にいるのではないかと、懐かしそうないい方だった。

由良は、和子をモデルにして絵を描いたという。彼女の魅力に惹《ひ》かれて描いてみたくなったものに違いない。

いまどうしているかときいたら、札幌にいるのではないかといった。富子母娘より少なくとも和子の近況に通じていそうであった。

画廊の塊画堂の電話番号はすぐに分かった。所在地は銀座だった。

電話して瀬木に会いたいのだがというと、社長は外出しているが、三十分ばかりしたら帰ってくるといわれた。

画廊のある通りは車ばかりで、夜と異なって人通りは少なかった。

瀬木は背の高い六十半ばの男だった。グレーの地に黒い模様のあるやや派手なジャケットを着ていた。

赤堂和子のことをききたくて訪ねたというと、昨夜ママに会った「クラブ・花紋」の近くの喫茶店へ案内した。従業員にきかせたくない話のようである。

「そうですか。由良先生が、私にきけとおっしゃったのですか」

瀬木は、赤いパッケージのタバコを、テーブルにぽとんと放り出すように置いた。

どんな用件で和子の居所をさがしているのかと、瀬木はきいた。道原は、歌舞伎《かぶき》町で殺された五代和平という男が死にぎわに口にしたことを話した。瀬木は五代を知らないようだった。

「すると刑事さん。五代という人が亡くなる直前に口にした『カズコ』が、赤堂和子のことだったかどうかは分かりませんね？」

「そのとおりですが、五代さんは、彼女に好意を持って六本木のクラブへ通っていたことは事実です。ですから赤堂和子さんに当たってみたいのです」

瀬木はうなずいた。

「由良先生が、和子さんは札幌にいるのではないかとおっしゃったのは、いまから七、八年前、音信の途絶えていた彼女から突然電話があったからです」

「由良先生にですか？」

「ええ。世田谷のお住まいへです。そのとき、札幌にいるが、こちらへくる用事はないかときいたそうです。そのとき先生には来客があったので、あとで掛け直してくれないかとおっしゃったんですが、それきり掛かってこなくて、それから半年もたったころ、先生のお留守に掛かってきました。その電話はお手伝いさんがきいたんです。『赤堂』といったので、和子さんだなと、先生は思い、電話を待っていたようですが、そのあとは掛かってこないということです」

瀬木は由良から和子の電話のことをきいたのだという。

「和子さんは、札幌でどうしているかを、なぜ先生に伝えなかったのでしょうね？」

「分かりません。思い出して先生に掛けたんでしょうが……。すぐに掛けてよこさなかったところをみると、大した用事はなかったんでしょうね」

「由良先生は、和子さんを、たいそう贔屓になさっていらしたようですね?」

「好きだったんですよ。彼女が銀座にいるころ、箱根や和歌山へ連れて行ったこともあったようです。先生にはもう男の能力はなかったでしょうけど」

瀬木は、タバコの煙のからんだ口で笑った。

瀬木の話によると、由良は六十歳で妻に先立たれた。後添いの話が持ち上がっていたが、和子に惚《ほ》れていた。和子が六本木の店に移ってから、彼は彼女を信州・大町《おおまち》の温泉へ連れて行き、そこで、一緒になってもらえないかと、真剣に話した。籍を入れる入れないは彼女の希望にしたがうが、ともに住み、身の周りの世話をしてもらえないかといった。だが、和子からいい返事をもらえなかった。彼女には年齢の差の壁を越えられる自信がなかったようだ。

和子と一緒になりたいが、彼女の本心をきいてもらえないかと、由良は瀬木に頼んだ。瀬木は彼女の気持ちを打診した。すると彼女は、「ときどき会ったり、旅行のお伴をする仲でいたい」と答えた。

瀬木は和子の気持ちを由良に伝えた。由良はがっかりしたようだった。彼女への希望が絶たれたからか、彼はそれまでほど六本木のクラブへ通わなくなったし、彼女を旅行に連れ出したりもしなくなった。

そのうちに、和子が郷里の青森へ帰ったという話を、六本木のクラブできいた。

由良は、十二歳違いの後添いを迎えた。いまの夫人はその人だという。

「由良先生は和子さんに、上高地側から焼岳《やけ》の爆裂火口を描いた四十号ほどの絵を贈っています。その絵は日展に出展した名作で、私が欲しがっていたものでした。前の夫人を亡くした年の作品で、なんとなく不気味な黄褐色の焼岳で、山頂付近の割れ目から、マグマの赤い舌がのぞいているような、由良先生の作品には珍しい、烈《はげ》しさのある絵です」

「観《み》たいものですね。和子さんはその絵を持っているでしょうか？」

「画商に流れれば、情報が入りますが、話をきいたことがありませんから、いまも持っているんじゃないでしょうか」

「由良先生は、よほど和子さんが好きだったとみえますね。彼女のどんなところに惹かれたのでしょうね？」

「先生は、彼女のからだの裡《うち》にこもっている烈しさだといっていました。表面は明るそうで、おっとりした見かけとはうらはらで、燃焼したら大爆発でも起こしそうな烈しさを感じるということでした。先生はそこに惹かれて、彼女を描きたくなったようです」

「奥さんというよりも、モデルとしてお近くに置いておきたかったのでは？」

「そうかもしれません。私は、彼女の美しい顔と、そこはかとない色香に酔っていたものです」

瀬木は目を細めて、手入れを怠っていないらしい歯並みを見せたが、「そうだ。和子さんの写真があるはずです」

といった。

道原は、ぜひ見せてもらえないかといった。

2

道原と伏見を喫茶店に待たせて、瀬木は画廊から和子の写真を持ってきた。

由良のお伴をして、長野市や小布施《おぶせ》町を旅したときに、瀬木が撮ったものだという。

「和子さんがまだ銀座のクラブにいたころでしたから、十年以上も前です」

瀬木は小型のアルバムを二人の刑事の前へ置いた。

時季はちょうどいまごろらしく、木々の葉が萌黄《もえぎ》色をしていた。和子は白いカーデガンを羽織り、ブルーのパンツを穿《は》いていた。

彼女は面長で、長い髪を後ろで結《ゆわ》えているらしかった。どの写真でも微笑しているが、目は大きく、とおった鼻筋と、引き締まった口もとが気性の激しさを表わしていた。

「おっしゃるとおりの美人ですね」

　道原は瀬木にいった。

「これは素顔です。化粧すると妖《あや》しい雰囲気になります。この旅行では、長野と湯田中温泉に泊まりましたが、湯田中では先生が芸者を二人呼びました。芸者は和子さんを見たとたんに、『女優さんですか』とききましたよ」

「和子さんの身長は、どのぐらいですか？」

「一六二、三センチだったでしょうね」

　写真で並んでいる由良は、彼女よりも背が少し低かった。白い髪が綿帽子をかぶっているように写っている。

　瀬木は、和子のことを、中年になったら太るタイプではないかといった。現在和子は四十の角を曲がったあたりらしい。この写真とは体型が別人のようになっている可能性もあるといった。彼のいったことを、伏見は熱心にきいてノートに書き取った。

　彼女が髪に手をやってほほえんでいる写真を一枚借りた。

「由良先生が彼女をお描きになった絵は、どなたかが持っていらっしゃるんでしょうね？」

　道原がきいた。

「二枚ありますが、先生がご自分で持っているはずです」

買い手がつかなかったのか。それとも由良が手放さなかったのか。

頼んでおいた筋から島村容子の連絡先が判明した。彼女はAV女優として何本かの映画に出演し、写真集も出しているということだった。五代は二年ほど前、島村容子を伴って六本木の「クラブ・桐子」へ飲みにきたことがあったという。

彼女の連絡先は、渋谷にあるプロダクションだった。そこへ電話すると、きょう、渋谷まできてもらえれば会うといわれた。

「女性に縁のある日ですね」

伏見がいった。

「君は、島村容子の顔を知っているのか？」

「いいえ。名前も知りませんでした」

彼女の所属するプロダクションは、小さなビルの中にあった。せまい事務所だ。

島村容子は、近くの喫茶店で打ち合わせをしているから、その店へ行ってもらいたいといわれた。

容子は、顎《あご》に髭《ひげ》を生やした男と話していた。

道原と伏見がその席に近づくと、男は伝票を摑《つか》んで出て行った。

女優は顔が小さくて、からだは細かった。目は大きくて派手な顔立ちに見えるが、どこか不幸せな感じがした。その雰囲気に芸能関係者の触手が動くのだろうか。

道原は彼女の正面に腰を下ろすと、五代和平を知っているかときいた。

彼女は目を伏せて小さくうなずいた。

「五代さんとはどういう間柄だったのか、正直に話してくれませんか？」

道原がいうと、彼女はまたうなずいたが、どう説明したらいいものかを迷っているふうだった。

「親しくしていたんですね？」

「面倒を見ていただいていました」

若いのに古風ないい方をした。

「経済的に援助してもらっていたということですか？」

「はい。親切にしていただいていました」

どのくらいのあいだ付合っていたのかときくと、二年あまりだったと答えた。

「あなたは、五代さんの家へ行ったことがありますか？」

「あります」

「何回も？」

「五、六回です」

「泊まったことがあるんですね？」

「はい」

「三、四日前、五代さんの家へ花を置いて帰ったのは、あなたでは？」

「はい」

やはりそうだったのか。花屋の主人が覚えていた女性の印象が彼女に似ていると思った。

「五代さんがあんなことになって、自宅には誰もいないのを知っていて、花を置きに行ったんですか？」

「どうしたらいいかを考えていましたが、お宅へ置いておけば、どなたかが供えてくださると思ったものですから」

「あなたは、五代さんとたびたび会っていましたか？」

「週に一回ぐらいは……」

「五代さんは、どうしてあんなことになったと思いますか？」

「分かりません」

彼女は急に震え出すような表情をした。五代が殴り殺された姿を想像したのだろうか。

五代から「カズコ」という言葉をきいたことがあるかと尋ねると、彼女は傾《かし》げた首を横に振った。

五代と二年あまり付合っていて、彼をどんな人間だとみていたかと、道原はきいた。

「わたしには優しくしてくれましたけど、怖くなったことがあります」

彼女は白いジャケットのボタンを摘《つま》んだ。

「怖くなった……。どんなところを見て？」

「お酒をよく飲むし、酔うと、『おれはロクな死に方をしない』なんていうことがありました」

「なぜそんなことをいったんでしょうね？」

「分かりません。なにか悪いことでもしたのって、わたしがききましたら、『自分でいいことをしたと思えることは、ひとつもない』といっていました」

道原は、容子の小さな顔をじっと見てから、五代がどんな人たちと付合いをしていたか知っているかときいた。

「いいえ。わたしが五代さんに連れられて行ったのは、上高地と、白馬と、あとは飲み屋さんです。彼の仕事をしているところを見たこともありませんし、お知り合いにお会いしたこともありません」

「彼は、孤独な人だったのかな？」

「いつもわたしとお酒を飲みたがっていました。わたしがいなかったり、都合が悪くて、付合えなかったりすると、ほかの人を誘って飲んでいるようでした。別れた奥さんや子供さんのことは、わたしがきかないと話しませんでした。ほんとうは、とても寂しがり屋だったんだと思います」

「ロクな死に方をしないという言葉どおりになったわけですが、それには根拠があったんでしょうね？」

「そうだと思います。飲んでいるとき、わたしに、人に裏切られた経験があるかって、きいたことがあります」

「ほう」

「前に所属していたプロダクションに痛い目に遭っていましたから、それを話すと、『仕返ししたいと思ったか』ってきかれたものですから、そのときは放火でもしてやりたいって思ったけど、それで気がすむわけがないから、忘れることにしたっていうと、『あんたの痛い目は、忘れられる程度のことだったんだ』といわれました」

五代には誰かに対する深い恨みがあったのか。

「五代さんは亡くなる直前まで、『カズコ』という言葉を繰り返していました。女性の名前だと思います。彼が付合っていた人なのか、逆に恨みでも持っていた人なのか分かりません。『カズコ』はあなたのことではなかったんですね？」

「わたしは『カズコ』なんて呼ばれたことはありません」

道原は、邪気のない容子の顔にうなずいて見せた。

彼は、上高地の六百沢から発見された白骨遺体については触れなかった。彼女とは関係がなさそうに思えたからである。

3

ホステスの赤堂和子を目当てにして、彼女が働いていた銀座と六本木のクラブへ通っていた男に当たることにした。築地の病院の勤務医と、恭風出版の社長だった。恭風出版は、教科書、辞典、文学書、それからいくつもの雑誌を出している大手出版社である。

築地にある白十会病院へ電話し、並木《なみき》医師に取次いでもらった。並木は副院長だった。

赤堂和子のことをききたいが、訪ねてよいかと伺うと、一瞬、ぎくりとしたのか、返事にとまどっていたようだが、「どうぞ」と承諾した。内心は、嫌な訪問者だと思ったのではないか。

道原も伏見も、その病院の存在は知っていたが、何棟もに分かれた規模の大きさには驚いた。

並木は、副院長室へ二人の刑事を招いた。その部屋には執務机と、黒い革張りのソファが据えられており、壁には金文字を光らせた医学書を並べた書架があった。ワイシャツ姿の並木は、六十歳見当だった。

「さっき、お電話で、赤堂和子さんのことをいわれ、すぐには誰だったのかを思い出せませんでした」

大きな顔にメガネを掛けた医師はいった。

「和子さんが、銀座や六本木のクラブにいるころ、先生はご贔屓になさっていたという話をきいたものですから」

「贔屓というか、私が行けば、彼女が席についただけのことです」

「和子さんは、たいそうきれいな人だったそうですね？」

「わりに目立つホステスでした。でも、私はべつに、彼女とはなんの関係もありませんよ」

医師は、丸い目をして答え、和子になにがあったのかときいた。

「彼女が現在どこにいるのか知りたいのです」

道原は並木の質問を無視するようにきいた。

「さあ。彼女が六本木のクラブをやめてから、かれこれ十年になるでしょう。店のママは、彼女は田舎へ帰ったといっていましたが、そのあとのことは……。そうだ。もう何年にもなりますが、一度、ここへ電話をくれたことがありました」

並木は、髪の薄くなった頭に手をのせた。

「先生とお話をしましたか？」

「ええ。札幌にいるといっていました。札幌へくることがあったら寄ってくれといって、店の名と電話を教えられました」

「彼女は、やはりクラブのようなところで働いていたのですね？」

「そういっていました」

「その店の名を覚えていらっしゃいますか？」

「どこかに書いたでしょうが、札幌へいつ行くか分からなかったので、そのメモを失《な》くしてしまったと思います」

和子は、画家の由良公造にも同じような電話をしたらしい。札幌の彼女のいる店へ、由良は行かなかったのか。

道原は並木にも、五代和平という男を知っているかときいた。並木は、記憶にない氏名だと答えた。

何年前かはっきりしないが、赤堂和子が札幌にいたことは確かなようだ。いったん青森の郷里へ帰った彼女は、札幌へ行ってやはり水商売の店で働き始めたのだろう。札幌といったらすぐに思い当たるのはススキノである。日本一といわれる繁華街だ。そこへ行っても、彼女がどの店にいるか容易にさがし当てることはできないのではないか。

道原は、恭風出版の社長にも和子のことをきくことにした。

恭風出版は神田にあった。暗い色に塗った十二階建てのビルだった。小野寺《おのでら》という社長は六十半ばで、小柄な人だった。

「刑事さんに、えらいことを知られてしまいましたね」

小野寺は和子のことを笑いながらいった。

「和子さんがいた銀座の『クラブ・花紋』は、うちの会社でよく使っていました。作家を接待して行く店でした。和子さんを最初に見たとき、私はその魅力にふらっとしたものです。そういう男は、何人もいたはずです。うちの社と縁の深かった時代ものを書く作家は、彼女にぞっこんでした。担当編集者はそれを知っていて、しょっちゅうお連れしていたようです」

「その作家は、和子さんが移った六本木の店にも行っていましたか?」

「彼女が銀座の店にいるころに、亡くなられました。彼女を海外旅行に連れ出そうとして、さかんに口説いていたという話もきいていました」

しかし和子と、その作家との仲は発展しなかったという。

「小野寺さんは、和子さんが移った六本木の店へも行かれていますね?」

「何度も行きました。どうせ飲むなら、美人と一緒のほうが酒がうまいですから」

小野寺は快活に笑った。

和子が店をやめたあとの消息を知っているかときいたが、彼女は札幌から小野寺には電話を掛けたことがないようだった。じつは電話したが、彼が不在だったのかもしれない。

彼女は、由良にも並木にも、電話を掛けているが、働いている店へほんとうにきて欲しかったら、何度か掛けそうなものである。あるいは、働いている店を手紙にでも書いて送りそうなものである。

「和子さんというのは、魔もののような女性です」

小野寺はいった。先に会った瀬木も並木も、彼女をそんなふうにはいっていなかった。

道原は興味を持って小野寺の話に耳を傾けた。

「彼女はたしかにそうめったにいない美人でした。際立った美人のホステスというのは、案外客にモテないものです。たぶん男がついているだろうと思うのか、客はいい寄ったりしません。それにとっつきにくい一面もありますからね」

道原はうなずいた。小野寺の話し方に引き込まれた。

「ところが和子さんは、男にしなだれかかってくるような態度を見せました。誰にでもというわけではないでしょうけどね。そういうところを見た男は、ふらふらっとするどころか、一肌脱ぐか、苦労してみたくなるでしょうね。男の中には、狂ってみたくなる人がいたと思います。彼女がいた銀座と六本木のクラブへ通っていた客の中には、彼女のためにかなり金を使った人がいるんじゃないでしょうかね？」

「小野寺さんは、いかがでしたか？」

道原は口を笑わせてきいた。

「私は、うちの社のために執筆してくださる先生のお伴で行っていたまでです。脇《わき》で、彼女に気のある方をじっと観察していました。私は彼女を見ていて、そう何年もたたないうちに、銀座か六本木に店を持つものと思っていました」

「ところが、郷里の青森へ帰ってしまいましたね」

「私の予想ははずれました。家庭の事情ということでしたが、じつは、彼女にはなにか目的があってのことではなかったでしょうか。これも私の勝手な想像ですが」

和子が東京をあとにしたのは、高名な画家の希望にそえなかったからだろうか。それとも小野寺の想像が当たっていて、彼女は将来を考えて東京を去ったのか。

道原は、和子の出身地を正確に知っているかと小野寺にきいたが、覚えていないという。

恭風出版を出ると、五代の妻である汐子に電話し、青森県か北海道に親しい人はいなかったかときいた。

だが彼女は、思い出せないと答えた。

「下井草の家へ行って、五代さん宛《あて》に届いた手紙類を見ていただけませんか？」

「子供が学校から帰ってきたら、行くつもりでいます。この前のように、お花が届いていたりするといけませんので」

道原は、一緒に下井草の家へ行ってもよいかときいた。彼女は、かまわないと答えた。


豊科署の捜索隊はきょう、六百沢沿いの森林から人間の腕の骨、肋骨《ろっこつ》、大腿骨《だいたいこつ》を発見した。最初に頭蓋骨を発見してから五日間を要して、一人分の遺骨全部を掘り出すことができた。

新聞ではこれを毎日報道している。関係者ではないかという問い合わせは何件かあるが、女性だったり、体格が合致しなかったりで、人骨の身元は判明していない。

発見された人骨のすべては、ノコギリで切断されている。したがって同一人とみられている。

バラバラにした状態から、これを遺棄した者は、少なくとも五、六回に分けて運んだものと推定されている。

きょう発見された腕の骨と一緒に、大信州ホテルのバスタオルが出てきた。

このことからも、去年の十月、「加藤久次」と称して大信州ホテルに五泊した男が、客室に誰かを招いて殺害し、そこの浴室でバラバラにし、何回かに分けて山へ運んでは埋めたものに違いない。

4

道原と伏見が、杉並区下井草の五代宅へ入るのは初めてである。

五代が殺され、身元が判明した直後、新宿署はこの家に入っている。

五代の家には小さな門があり、表札がはまっていた。すでに汐子が着いているらしく、玄関のガラスに灯が映っていた。

座敷に小さな祭壇があった。当たり前のことだが、小さな遺影があり、その前に白木の位牌《いはい》が立っていた。これらは一切汐子がやったもので、五代の親族は一人もこの家を訪れなかったという。彼は兄妹からも、養親からも見放されたのだった。離婚するつもりだった汐子が、結局は後始末をすることになったようだ。

先日きいたことだが、汐子はこの家に戻る気はないという。いずれ家は彼女の手で処分することを考えているらしい。

「手紙はこれしか見つかりません」

焼香してテーブルの前へすわった道原と伏見に、彼女は十通ばかりの手紙を置いた。

目を通したが、差出人の住所が青森県や北海道の人はいなかった。

念のために伏見が、すべての差出人をノートに書き取った。

五代のアルバムを見せてもらった。赤堂和子の写真が収まっていそうな気がしたのである。が、その期待は裏切られた。

収められているほとんどの写真は、山で撮ったものだった。登山装備をした竹田のが何枚もあった。

アルバムには、撮影場所も撮った年月日も記入されていなかった。

汐子によると、五代は写真を撮っても、それを整理するような男ではなかったという。

山中で五代に並んでいる男が何人かいた。その人が誰かを汐子にきいたが、彼女は一人も知らないといった。

五代と何度も山行をともにしたらしい男がいた。着ている物でべつの山行であることが分かった。竹田以外の五人の男の写真を抜き出した。後日のためにそれを借りることにした。

「写真が意外なほど少ないですね」

道原は汐子にいった。

「撮ることにも撮られることにも興味のない人でした。旅行した場所の物を残しておくこともしなかったんです。遠いところへ行っておみやげを買ってきたことはありますが、それは食べ物で、記念になるような物を買ってきたことはありません」

五代はコンパクトカメラを持っていたが、自ら子供を撮ったこともないという。子供の成長の記録はすべて汐子が撮ったものだという。

子供ときいて思いつき、恒夫という男の子はどうしているかときくと、立川の住まいにいるという。汐子が、下井草の家へ一緒に行くかといったところ、子供は、あの家へは行きたくないと答えたという。

汐子も立川へ帰ることになった。彼女が戸締まりをする間、道原と伏見は外に出て待った。

新宿まで彼女と一緒に電車に乗った。どんな気持ちでいるのか、乗客の少ない座席に腰掛けた彼女は、バッグを膝《ひざ》にのせて目を伏せていた。彼女を歌舞伎町で殴り殺された男の妻と知る人はいないはずだが、人の視線に怯《おび》えているようでもあった。

さっき汐子は、五代の死を知っても彼の親族は一人も弔いに訪れなかったと話した。たとえ五代がどんな非道を重ねたとしても、そのあとに遺された汐子や子供のことを思えば、彼女をなぐさめに、血のつながっている人はやってきそうなものだった。それさえもしなかった人たちは、汐子を見捨てたということなのか。

五月中旬なのに、次の朝は上着の下にセーターでも重ねたいくらい気温が低かった。朝のうち一時雷雨があった。そのままどんよりと曇った日になった。

道原と伏見は、ほぼ十年前に赤堂和子が住んでいた品川区南品川のアパートへ行った。この住所は六本木で「クラブ・桐子」をやっている石丸母娘のメモから見つかったのだった。

古い木造二階建てアパートの右隣が墓地だった。コンクリートブロックの塀に囲まれた墓地の向こうに寺の黒い屋根が見えた。左隣は金属加工の町工場だった。背中のほうから京浜急行線の踏切りの音がきこえた。

家主宅はアパートの脇を入った奥まったところの大きな家だった。

六十歳ぐらいの主婦が出てきた。

道原が名乗ると、「刑事さんですか」といって、目尻《めじり》に変化を見せた。

「赤堂和子さんという人が住んでいたことがありますね?」

「はい。だいぶ前のことですが」

「何年ぐらい住んでいましたか?」

「八年か九年いたと思います」

主婦は、上がり口へ座布団を二枚置いた。

クラブのホステスだったが、知っていたかときくと、

「夕方、着物を着て出て行きましたから、この辺のたいていの人はそれを知っていました」

「きれいな人だったそうですね？」

「掃《は》き溜《だ》めに鶴《つる》が下りたようでしたよ。夕方になると、近所の工場から男の人がのぞいていたものです。着飾った赤堂さんを見ようとして。……銀座のクラブで働いているのだから、いいマンションに住みそうなものですが、始末屋なのか、普段は構わない服装をしていました」

「赤堂さんの郷里は、青森県だったということですが、そこをご存じですか？」

「青森県とはきいたことがありますが、どこでしたか……」

和子は、毎月の家賃を支払いにきたが、あまり口を利かなかったという。

「働いていた店を急にやめました。アパートを引き払うときはどんなでしたか？」

主婦は思い出そうとしてか、首を傾げた。

「運送屋さんに運ばせたのだと思います。なんでも遠くへ引っ越すということでした。光熱費の請求があとからくるので、引っ越し先を教えてくださいといいましたら、家賃の一か月分に当たる敷金を残して行きました」

それきりなんの連絡もこなかったという。

「彼女は、ずっと一人暮しでしたか?」

「一人でした。入ったときは夜の仕事ではなかったと思います。水商売に変わったと分かってから、夜遅くなって男の人を連れてこられると、ほかの入居者に迷惑が掛かりそうなので気をつけていましたが、ほかからはなんの苦情も出ませんでした。遊びにくる人もいなかったようですね」

道原は、五代の写真を主婦に見せた。

主婦は知らない人だといった。

家主の話から、和子が逃げるようにアパートを退去したのでないことが分かった。彼女は「クラブ・桐子」のママに、郷里にいる母親が病気になったので、ようすを見に行くといって休み、そのままやめることになったのだが、転居は前から決めていたようだ。店を休んでいる間に、荷物を運んだようである。「クラブ・桐子」で働いているうちに、次の落着き先を決めていたのではないか。

このことを豊科署に報告した。四賀課長は、北海道警に赤堂和子が札幌のススキノで働いていないかを照会してみるといった。ホステスをしているとしても、そこをさがし当てることはむずかしいのではないかと思われる。

去年の十月十四日から十九日まで大信州ホテルに「加藤久次」名で宿泊した男の筆

跡と、五代の筆跡を鑑定した結果、同一人と断定したと課長はいった。

「これで、五代が誰かを殺して、バラバラにし、六百沢沿いの森林に埋めたことはほぼ間違いない。共犯者がいることも考えられるけどな」

「人骨は男性に間違いないですか?」

「男だ。発見された骨は同じ人間のものだ。それで体格の推定ができた」

身長は一七二、三センチで肩幅が広くてがっちりした体軀《たいく》。年齢は三十代か四十代。上前歯三本が義歯。肋骨の一部に刃物で傷つけられた跡があることから、刺殺の線が濃厚という。血液型はA型であることも分かった。

「ゆうべ伝さんは、五代と一緒に山に登った男の写真を手に入れたといったね?」

「はい。五人です」

「どうだろう。五代の山行の写真を全部借りてきては?」

「全部……」

「山に通じている者に写真を見せれば、彼がどこの山に登っていたかが分かるんじゃないか。アルバムには風景や山容を撮っているのもあるんだろ?」

「多くはありませんが」

アルバムを借りたら、いったん帰署するようにと課長はいった。

汐子に電話し、何度も手数を掛けてすまないというと、きょうは下井草の家を掃除しようと思っていたところだという。

　昨夜につづいて、五代が一人で住んでいた下井草の家で汐子と会った。彼女はジーパンを穿いて、床に掃除機を掛けていた。服装のせいかいままで見てきたより若く感じられた。

　道原と伏見が、あらためて写真を見ていると、隣家の主婦が訪れた。焼香させてもらいたいというのだった。

5

　道原と伏見が豊科署へ帰着し、課長に出張の報告をすませた直後の午後八時だった。銀座の「クラブ・花紋」のママが電話をよこした。有効な情報という気がし、道原は受話器に飛びついた。

「この前、お会いしたとき、和子さんの出身地の地名を思い出せませんでしたが、ゆうべ、お客さんと話しているうちに……」

　といった。

　道原はペンを構えた。

「刑事さんは、『風雪ながれ旅』（星野哲郎作詞）という歌をご存じですか？」

「きいたことがありますが、歌詞までは知りません」

「その歌の一番の終りに、『津軽《つがる》、八戸《はちのへ》、大湊《おおみなと》』という地名がありますが、その三つのうちの一つです」

思い出したというには曖昧であるが、ヒントにはなった。道原は礼をいって電話を切った。

横で電話をきいていた牛山が、その歌を口ずさんだ。

その歌の一番に出てくる地名はいずれも青森県だ。「津軽」は県西半部の地方で、東、西、南、北、中津軽の五郡にまたがっていて、その範囲は広い。「八戸」は県南東端で八戸市があり、八戸港は東北地方有数の漁港である。「大湊」は県北東部のむつ市西部の地名だ。大湊線に大湊駅がある。大湊港は下北半島湾曲部の内側に食い込んでいる。

青森県警に、八戸市とむつ市で、「赤堂和子」の戸籍か住民登録があるかを照会することにした。

翌朝、刑事課に山岳救助隊の小室《こむろ》と及川《おいかわ》が呼ばれた。管轄地区の北アルプス南部だけでなく、後立山にも立山の事情にも精通している二人である。

登山経験のある伏見と牛山が加わって、五代のアルバムにある山がどこかを検討した。

写真には山小屋を背景にしているのが何枚かあった。山小屋のかたちを見て小室と及川が、蓮華《れんげ》温泉ロッジ、白馬《しろうま》山荘、大沢《おおさわ》小屋、雷鳥《らいちょう》荘、燕《えん》山《ざん》荘、蝶《ちょう》ケ岳ヒュッテ、岳沢《だけさわ》ヒュッテを書き出した。

アルバムにはいつの山行なのかが記入されていないため、写真を手にして各山小屋を訪ねてみても、宿泊した人の名前を思い出してもらうのはむずかしいだろう。ことに燕山荘のように六百人も収容できる大型小屋に当たったところで、それは不可能というものだ。

蝶ケ岳ヒュッテを南側から撮っている写真があった。槍ケ岳が山小屋の背景になっており、右手奥に蝶の山頂が入っていた。ここへ登ったたいていの人がカメラを向けたくなる構図である。

その写真にはチェックのシャツを着て立っている人の肩と腕だけがわずかに写っている。人物を撮る前かあとに穂高と槍ケ岳の眺望を収めたようである。

穂高連峰の展望を撮ったのが四枚あってそのあと、薄いブルーの地に紺色のチェックのシャツ姿の男の写真があった。人物の顔に焦点を絞っているため、背景の槍ケ岳が紗《しゃ》を掛けたように薄くぼやけている。

小室がその写真に目を凝らした。それを見て道原は、「なにか？」ときいた。

「この男、見たことがあるような気がするんです」

小室はいうと、及川に、見覚えはないかときいた。

及川は写真を見つめたが、覚えがないというふうに首を傾げた。

チェックのシャツを着た男の写真は、ほかのページにも現われた。帽子をかぶって急な斜面に立っていた。斜面には雪がある。春山で撮った感じだった。

同じ男の写真が何枚もあるということは、五代の山友だちとみてよいだろう。道原と伏見がアルバムから抜き出した五人の男の中にも、その男は入っていた。五代と何回も山に登っていた人間らしい。

小室はべつのページでもその男の写真を見つけ、またも目を凝らしていたが、思いついたことがあってか、刑事課を出て行った。

十分ほどして戻ってきた小室は、書類を手にしていた。

「写真の男の身元が分かりましたよ」

小室は、道原の前へ書類を開いた。

「遭難者か」

道原はつぶやいた。

書類には男の写真がついていた。五代のアルバムに何枚か収まっている男だった。

男の名は深堀《ふかぼり》志朗《しろう》四十歳（当時）。深堀は昨年六月二日、家族に北アルプスに登るといって出掛けたまま消息を絶った。家族に話した登山計画では二泊して、四日の夜までには帰宅することになっていた。妻の記憶では常念《じょうねん》岳へ登るはずだったというが、常念小屋には宿泊していなかった。

捜索願いは六月六日に、東京都杉並区和田の住所を所轄する杉並署を通じて提出された。それを受けて豊科署の山岳救助隊は、常念小屋に深堀の宿泊を確認したのだった。

常念岳へは、豊科町から入るコースもあるし、上高地から横尾《よこお》を経て入るコースもある。これらのコースに関連しそうな山小屋に彼の宿泊を照会したが、やはり泊まっていなかった。

妻は登山経験もないし、登山用具に関する知識もほとんどなかった。したがって深堀が露営装備を背負って出発したかどうかも分からなかった。

深堀の登山経験は十年ぐらいで、結婚後、友人に誘われて北アルプスへ登ったのが病みつきになり、以後毎年登るようになった。山岳会などに入っていなかったから、一緒に登る友人は少なく、二、三人、もしくは単独で出掛ける場合が多かった。

深堀が常念岳へどのコースから入山したのか、はたして計画どおり常念岳へ向かったかも明白でなかった。常念岳へ登ったというのは、妻の記憶だけだったのである。

豊科署では県警本部と合同で、ヘリコプターを飛ばし、地上からは捜索隊が、常念岳への登山コースをたどったが、深堀の痕跡《こんせき》を発見することはできなかった。山岳会などに所属していない彼には、自主的に捜索する人たちがいなかった。

彼が行方不明になってほぼ一か月経過した七月四日、常念乗越《のっこし》から一ノ俣《いちのまた》谷を下っていた学生の登山パーティーが、常念滝と七段《ななだん》ノ滝の中間で、遭難者とみられる遺体を発見したと、横尾山荘を通じて通報があった。

山岳救助隊はただちに遺体確認と収容に出発した。

学生パーティーの通報どおり、遺体は急な流れの岩にからんでいたが、なかば白骨化していた。男性だった。

遺品を捜索した結果、約一〇〇メートル下流でザックが発見され、その中に入っていた名札から深堀志朗の物らしいということになった。

腐乱のすすんだ遺体を収容し、深堀の妻清美《きよみ》に連絡した。

遺体確認に豊科署へやってきたのは、清美と九歳の女の子、深堀の弟、それから友人二人だった。

一見しただけでは誰なのか分からなかったが、遺体の血液型やシャツのポケットに入っていた物などから、深堀であることが確認され、家族に引き取られ、松本市で火葬を終えた。

「五代のアルバムに深堀が収まっていたとは、意外でした」

小室はいった。

「深堀のアルバムには五代の写真が貼《は》ってあるだろうな」

道原がいった。

深堀の妻は、五代を知っていただろうか。

深堀の遺体確認に訪れた人たちの中に五代は入っていなかった。遺体引き渡しのさい、確認した人たちの氏名と住所を記録している。その中に五代はいなかったのだ。

「深堀が行方不明になった当時の職業が記入されていないが」

道原は小室にきいた。

「勤務していた会社が倒産して、失業中ということでした」

「深堀には、十年ぐらいの登山経験があるということだったが、一緒に登る友人はそう何人もいなかったようだし、わりに楽に登れる山しかやっていなかったようじゃないか」

「そのようです」

「そういう人が、単独で一ノ俣谷を常念に向かっていたというのは無謀な気がするが？」

「おれもそう思いました。誰かに一ノ俣谷のコースをきいて、一度やってみたくなったんじゃないでしょうか」

「そういう登山は困るねえ。この男も、あの難コースを登らなかったら、死ぬようなことはなかったんじゃないかな？」

一ノ俣谷コースは一般の登山道になっていない。ガイドブックにそのコースを入れていないのもある。増水時には利用不能と注意書きしてあるガイドブックもあるくらいだ。

盛夏に常念乗越から下る人がいるが、途中で雨に遭ったら、引き返したほうが賢明といわれるほど危険な谷である。

典型的なV字谷で、両岸は切り立った岩壁である。水辺を歩くところもあるが、増水すると流れの中に出ている岩が沈んでしまう。したがって高巻《たかまき》することになるが、かつてあった吊《つ》り橋は風雪で崩壊してしまった。そういうコースを登っていた深堀は、思いもよらない谷水の深さに驚いて、高巻をするつもりで岩に登ろうとして転落し、流水にのまれて死亡したのではないか。深堀の登った六月は雪解けの増水期である。

道原は書類を目の前に置いて、深堀の妻清美に電話を掛けた。

豊科署の刑事だといったが、彼女は、「その節は大変ご迷惑をお掛けしました」といった。山岳救助や捜索にたずさわった署員と刑事との区別が、彼女にはついていないようだった。

「奥さんは、五代和平という人をご存じですか？」

「五代さん……。さあ、思い出せませんが、どういう方でしょうか？」

「ご主人と一緒に何回か山へ登っていた人です」

「山へ一緒に……。知りません。きいたことのないお名前です」

「五代さんという人も亡くなられましたが、アルバムに深堀さんの写真が何枚も貼ってあるんです。たぶん、深堀さんのアルバムにも、五代さんの写真が貼ってあるような気がします」

「そうでしょうか？」

彼女はすぐにアルバムを見るだろう。だが、どの男が五代なのか分からないのではないか。

五章　青森県八戸

1

　こどもの日の深夜、新宿・歌舞伎町《かぶき》で殴られたのが原因で死亡した五代和平のアルバムに、深堀志朗という男の写真が収まっていた。

　五代のアルバムによって、彼と深堀が登山仲間だったことが判明した。

　そのことを道原は深堀の妻清美に電話で問い合わせたが、彼女は五代を知らなかった。深堀の山行アルバムにも五代の写真はあるはずである。

「ご苦労だが、伝さんと伏見は、また東京へ行ってもらわなくちゃあな」

　四賀刑事課長がいった。

　いままで五代の山友だちだと分かったのは、高校の同級生で甲府市に住んでいる竹田のみだった。五代と竹田は何度も一緒に山へ登っていた。だが竹田は、五代に山友だちがほかにいるのを知っていたが、会ったことも一緒に山へ登ったこともないということだった。

思いがけないところから五代の竹田以外の山友だちの一人が見つかったが、その深堀は遭難死していた。

東京へ行って深堀の妻に会い、彼の身辺を調べれば、あるいは五代の山友だちや親友に行きつくことができそうな期待が持てた。

道原と伏見は、きのう東京から戻ったところだが、あらためて出張の支度をし、会計から旅費の仮払いを受けた。

そこへ、青森県警から連絡が入った。赤堂和子についての照会に対しての回答だった。同姓同名で現在四十一歳の女性の戸籍と住民登録が、八戸市湊《みなと》町にある。出生時から住所は一度も異動していないという。

むつ市に照会したが、同市には同姓同名の戸籍該当はないという。

赤堂和子の郷里が青森県内であることは前からきいていた。だが、それがどこであるかは不明だった。彼女は、十年ほど前まで六本木の「クラブ・桐子」で働いていたが、郷里に一人暮ししている母親が病気になったので、ようすを見に行くといったきり、東京へ戻らなくなった。

彼女のその前の勤務先は銀座の「クラブ・花紋」だった。この店のママが、和子の生まれたところは演歌の歌詞にあったといった。それがヒントになって、青森県警へ戸籍の照会をしたのだった。

八戸市に赤堂和子の戸籍があるのだから、銀座のクラブのママの記憶は当たっていたことになる。現在四十一歳という年齢も合っている。

和子は少なくとも十六年間は東京に住んでいたのに、八戸から住民登録を一度も移さなかったのだろうか。八戸市に戸籍がある赤堂和子は、公簿上は現在も八戸市に住んでいることになっているという。

道原がさがしている和子は、六本木のクラブをやめてから、ホステス時代に知り合った男たちに、「札幌にいる」といって電話を掛けている。

それで北海道警へ、ススキノに赤堂和子という女性がいるかどうかを照会した。和子が東京の男たちに、札幌のクラブにいると告げたからだ。

道警では札幌市の警察に指示して、まず住民登録を確認しただろう。ところがこれの該当がなかった。それで飲食業の営業許可を取っている人に同姓同名はいないかを調べたが、これもないのではないか。どちらかに該当があれば、すでに回答があるはずだ。いまだにないところをみると、ススキノの飲食店で働いている人の中に赤堂和子がいるかどうかを調べているのだろう。

豊科署では、八戸市に戸籍と住民登録のある赤堂和子の生活状況と、家族あるいは係累についての調査を、あらためて依頼した。

回答は、八戸署から夕方入った。

赤堂和子は、住民登録のある八戸市湊町で赤堂きぬの長女として生まれ、市内で高校を卒《お》え、約二年間、市内の造船所に勤めていたが、知人を頼って東京へ行った。知人が誰なのか、東京でどのような生活をしていたのか、それから東京での住所もまったく知られていない。出生地から住民登録をまったく移していないからだ。

彼女は年に一、二度は帰省した。同所には母親きぬが居住しているからだった。

きぬは市内鮫《さめ》町の生まれで、姉が世帯を持っている。和子の父親については公簿に記載がないし、現住所付近の人には知られていない。

きぬは現在六十三歳。四、五年前までは市内の水産物加工場に勤めていたが、以降は働いておらず、彼女の生活はどうやら和子が支えているもよう。ときどき眼科医にかかる程度で健康状態はよさそうである。

一人暮しのきぬはときどき出掛け、一週間ぐらい家を空けることがある。彼女は近所の人に、和子が札幌にいて、そこへ行ってくるといって出掛けるが、和子の住所を知る人はいない。

東京にいたころはたまに帰ってきていた和子だが、最近の何年間か近所の人は、彼女を見ていない。

三十歳前後のころの和子は「帰省するたびに見違えるほどきれいになっていた」と近所で評判だった。東京では水商売をしているのではないかと、想像でものをいう人はいたが、彼女は派手な服装も化粧もしていなかった。帰省しても、幼なじみや学校の同級生などの家に寄ることもなく、高校卒業以来、和子に会っていないという人も多い。彼女が年に一、二度帰省するのを知っているのは、近所のほんの一部の人たちだった。

きぬも人付合いをほとんどしない。自宅のせまい庭に花壇があって、彼女はそこで草花を作っている。隣家の人が花の手入れをしているきぬの姿を見ては、元気なのを知る程度で、彼女を訪ねる人もめったにいないという。

八戸署員が和子の現住所をきぬにきくため訪問したが、不在だった。近所の人がいうには三、四日前から姿が見えないから、たぶん札幌の和子のところへ行っているだろうと語った。

この報告で、和子が札幌市に住んでいることは間違いなさそうだ。だがいまのところ、どこに住んでいるのか、なにを職業にしているのかは不明である。

2

道原と伏見は、翌朝の特急で東京へ向かった。深堀志朗の妻を訪ねるためである。

「あらためて思うと、ぼくらはすごい事件を調べているんですね」

伏見が低い声でいった。

彼は、新宿・歌舞伎町で殺された五代和平のことをいっているのだ。

特急「スーパーあずさ」は、午前十時半過ぎに新宿に着いた。

深堀の妻子の住所には、地下鉄丸ノ内線の東高円寺が近そうだった。

住宅街を十五分ばかりさがして、深堀志朗の妻子が住む家に着くことができた。ブルーの瓦屋根《かわらやね》の一戸建てだった。

いつものことだが、有効な情報が拾えるようにと、胸の中で祈った。

玄関へ出てきた妻の清美は三十半ばだった。訪問を予告しておいたからか、彼女の顔には薄化粧のあとが見えた。紺地に白い花模様が散ったワンピースを着ていた。

「ご遠方からご苦労さまです」

と彼女はいって、奥の部屋へ二人の刑事を通した。

「お話を伺う前に、仏さまにお線香を供えさせてください」

道原がいうと、清美は次の間のふすまを開けた。深堀の一周忌は間もなくやってくる。

持参した線香の包みを黒い仏壇に供え、二人は合掌した。

テーブルの前へ戻ると道原は、

「奥さんは、山の事情には通じていなかったそうですね？」

ときいた。

「主人からたまに、山の話をきくことはありましたが、山の名をきいても、その山がどの辺にあるのかさえ知りませんでした」

「ご主人が登るはずだった常念岳は？」

「その山の名は、主人からよくきいていましたが、地図を見たこともありませんでした」

「常念岳は、北アルプスでも比較的ポピュラーな山です。松本からよく見えるかたちのいい山で、安曇野《あずみの》に住む人たちには親しまれていますし、難所の少ない山です。ですがご主人がご遺体で発見された一ノ俣谷《いちのまた》は、登り下りとも上級者でさえも難所といわれているコースです」

「去年の七月、主人が見つかったという知らせを受けて、豊科署へ伺ったとき、そのことをききました。そんな危険なところを登るときいていたら、わたしは反対しました」

　豊科署で彼女は、常念岳へ通じる登山コースの地形と、一ノ俣谷の写真を見せられ、身がすくんだという。

「ご主人がご遺体で発見されたとき、奥さんと一緒に確認に見えたお友だちの話ですと、深堀さんは単独で一ノ俣谷を遡《さかのぼ》るほどの登山経験を、積んではいなかったということです」

「その話も伺いました」

「誰かと一緒だったから、あのコースを、常念に向かったんじゃないでしょうか?」

「山へ出掛けるとき、いつもわたしは、どんなところへ行くのかとか、どなたと一緒なのかを詳しくききませんでした。主人がわたしにいちいち説明しなかったんです。わたしに話しても無駄だと思っていたんです」

「同行者がいたとしたら、それは誰かの見当はつかなかったですか?」

　清美は首を横に振った。

　深堀が山で撮った写真のアルバムを見せてもらうことにした。

　道原たちの目的は、深堀のアルバムに五代の写真が収まっているかどうかを知るためである。

　彼女がテーブルに置いたアルバムは三冊だった。古い順からめくった。

深堀は、初夏と秋に山に登っていたことが写真の背景から判断できた。

二冊目の後半を見ていた伏見が、「ありましたよ」といった。

五代和平が写っていた。彼が深堀と樹林の中に並んで写っているのがあった。五代は縞《しま》のセーターを着て、首にタオルを巻いていた。白い歯を見せている。酒に酔って、頭を殴られ、交番に倒れ込んだ男とは思えない健康的な表情をしている。

どこの山かは不明だが、稜線か山頂の岩に腰を下ろしている五代の姿もあった。

三冊目のアルバムにも五代は写っていた。山小屋のかたちで、そこが涸沢《からさわ》だと分かった。

穂高岳山荘の前に、深堀と五代ともう一人の同年輩の男が並んでいる写真もあった。その男は角張った顔で、がっちりした肩をしていた。

白馬岳で、深堀がべつの二人と並んで写っているのもあった。

アルバムにある男の名前を道原は清美に尋ねた。彼女はそのうちの四人を知っていた。四人のうちの二人は、深堀の遺体が見つかったとき、現地へ行っていた。

穂高岳山荘前で、深堀と五代と写っている角張った顔の男は、ほかの写真では紅葉の山を背景にして深堀と肩を並べていた。標識が入っていて、秩父《ちちぶ》の山ということが分かった。だが清美はその男の名を知らないと答えた。

「よく見てくれませんか」

道原は清美をうながしたが、彼女は首を傾《かし》げた。

「秩父の山へご主人と一緒に登っているということは、この人も東京方面に住んでいるように思われますが」

道原はいったが、清美は初めて見る人だし、夫からどこの誰なのかをきいたことがないといった。

道原は自分のアルバムを頭に広げてみた。彼は山で撮った写真が出来上がると、妻の康代に見せている。結婚前のはべつにして、一緒に写っている人の名前をいちいち話しているつもりである。それでも直接会ったことのない人の名前を彼女は覚えていないのではないか。康代がもし清美の立場になって、人からアルバムにある人の名前をきかれても、どこの誰なのかをすべて答えられないのではないか。

道原は、深堀のアルバムから三人の男の写真を抜いた。清美が名前を答えられなかった人たちである。

それを持って、深堀の友人を訪ねることを清美に断わった。

彼女が五代和平を知らなかったのは意外だった。

「私たちは、この人の事件を調べているんです」

と道原は彼女にいった。

「その方も、山で亡くなられたんですか？」

清美は丸い目をしてきいた。

「五月五日の夜、新宿・歌舞伎町で頭を殴られたのがもとで、次の朝死亡しました」

「えっ。その事件なら覚えています。その方が亡くなられる直前に口にしたことで、たしか上高地で……」

「そうです。五代和平さんは不動産業や金融業をやっていました。血だらけになって交番へ入ってくると、人を殺して、上高地の林の中に埋めたといいました。それでうちの署は五代さんの言葉にしたがって上高地の、ある沢筋を捜索しました。そうしたら、五代さんがいったとおり、白骨になった男の遺体が出てきたんです」

清美の顔面は蒼くなった。口に手を当て、眉間《みけん》をせまくした。

「五代さんのアルバムに深堀さんの写真がありました。深堀さんと五代さんは、何回か一緒に山へ登っていたんです。このアルバムでそのことが裏付けられました」

道原はいってから、深堀はなにを職業にしていたかをきいた。

「わたしと知り合ったころは、自動車部品を作る会社に勤めていましたが、結婚して三年ぐらいたって、不動産会社に転職しました」

その会社名をきいた。ずっと前、五代が勤めていた会社だった。

「亡くなられるまで、その会社に勤めていたんですね?」

「去年の三月、倒産しました。一か月ぐらいは残務整理があるといって、通勤していましたが、四月ごろから、知り合いと新しい事業をやるので、その準備をしているといって、新宿へ通っていました」

「どんな事業ですか?」

「不動産に関係があるといっていましたが、内容はわたしにはよく分かりませんでした」

「失礼ですが、前の会社が倒産してからの収入はどうでしたか?」

「残務整理のあいだも、新しい事業の準備をしているときも、以前と同じ金額を、渡してくれました」

だから収入についての心配はしなかったと、彼女は話した。

深堀は結婚当初から、給料を全額妻に渡すのでなく、生活に必要な金額を月々渡していた。だから彼の月収を清美は正確に知らなかったという。

「この家はお買いになったものですか?」

「始めローンを組みましたが、主人が不動産会社に勤めているとき、契約を変更して、三年間ほどで払い終えました」

「ほう。当時の深堀さんにはかなりの収入があったんですね」

道原はあらためて部屋を見回した。広い家ではないが、親子三人の住まいには充分だったろう。

深堀が死亡した当時、事業準備をしていた会社の所在地を清美にきいた。事業を計画していたというが、事務所はあったはずである。

清美は隣室から所在地と電話番号をメモに書いてきた。それは新宿区四谷となっていた。深堀は役員に就くことになっていたという。準備段階で事業を開始していないのに、毎月決まった金額を妻に渡していたというのも妙なことである。もしかしたら深堀には預金があり、その中から妻に生活費を渡していたのではないか。

3

深堀清美にきいた新宿区四谷の事務所を訪ねた。そこはビルの四階で「恒陽《こうよう》商事」という小さな札が出ていた。

せまい事務所に、若い女性が二人いた。道原が用件を告げると、衝立《ついた》ての向こうから肥えた男が現われた。その人は谷崎《たにざき》という名刺を出した。恒陽商事の社長となっていた。

「深堀君ともう一人と私の三人で、この会社をやることになっていましたが、深堀君は残念にもあんなことになってしまいました」

四十半ばの谷崎はそういった。

「さしつかえなければ、こちらの事業内容を教えていただけませんか?」

道原がきくと谷崎は、

「どういうことでお調べになるのかを、おっしゃっていただけますか?」

と、ぎょろりとした目を向けた。

「失礼しました。私たちは、ある事件の被害者の知り合いとみて、深堀さんを割り出しました。すると深堀さんは、去年の六月、私たちが勤務している署の管内の山で遭難死されていることが分かりました。深堀さんと、ある事件の被害者がどういう知り合いだったかを調べています」

谷崎には道原のいった「ある事件」という言葉がひっかかるのか、腕を組んで瞳《ひとみ》を動かした。厚い唇の異相である。

「うちの社は、分かり易《やす》くいうと不動産金融です。ご存じのように銀行は現在、多額の不良債権を抱えていますから、担保物件のある人にも以前のように簡単に融資しません。それで私どものようなノンバンクに、たとえば当座の運転資金に困った小企業主が駆け込んでくるんです。借入額はせいぜい四、五百万円です。不動産さえ所有していれば、それが担保物件として有効かどうかを確認できた時点で、すぐに貸出しします。銀行よりは金利は高いが、銀行のようにうるさいことはいいませんから、口コミでお客は寄ってきます」

これと同じようなことを道原はどこかできいたような気がした。ノートを繰ってみた。そうだ、五代和平が渋谷で同じような商売をしていたのだった。

道原は思いついて、深堀の妻《つま》清美から借りてきた写真を谷崎に見せた。

谷崎は太い指で写真を摘み上げたが、

「この人は知っています」

といった。それは五代だった。

「五代さんが事件に遭われたことは、ご存じですね？」

道原は谷崎の顔に注目した。

「それは知っています。あんな死に方をして、大きく新聞にも出たんですから」

「親しくなさっていましたか？」

「いえ、深堀君の紹介で二年ぐらい前に知り合いました。五代さんと深堀君は、元同じ会社に勤めていたということでした」

「五代さんも、こちらと同じようなご商売をしていたときいていましたが？」

「そうです。この会社を準備しているとき、一緒にやらないかと五代さんから誘われたことがありましたが、あの人と組む気にはなれませんでした」

「なぜでしょう？」

道原は膝《ひざ》を乗り出した。

「やり方が乱暴なんです。高金利で貸し、土地でも建物でも美術品でも、貸金の形《かた》に取ってしまおうとするんです。荒っぽいやり方で稼ごうという姿勢が見え見えです。あの人と組んだら、爆死するようなものだと思ったものですから、付合いもほどほどにしていました。親しくなると、断わるものも断われなくなりますからね」

谷崎は五代の人柄を見抜いていたようだ。

「あとの写真の二人はご存じではありませんか？」

道原がいうと、谷崎はあらためてテーブルに太い首を突き出したが、見覚えがないと答えた。

五代のことに通じている人を知らないかときくと、

「さあ……」

といって、谷崎は首を傾げてから、

「銀座か赤坂の、クラブのおねえさんにお会いになってはいかがでしょうか」

といって笑った。

谷崎は、五代と何度か赤坂のクラブで飲んだという。

「金貸しはケチでないとやっていけない商売です。五代さんは不動産業で儲《もう》けたころのクセが抜けないから、高い飲み屋へ行っていました。私は、いくら貸して、いくらの金利が取れるかを考えると、小さなおでん屋へも足が遠くなります。もしも焦げついて元金の回収が出来なくなったら、稼ぐ元手が不足するし、その金額を稼ぐには、何十倍貸したらいいか、なんて考えると、クラブなんかへは、とてもとても……」

よく見ると谷崎の着ている洋服もシャツもネクタイも粗末だった。木製のテーブルも年代物である。

「深堀さんは、前の会社が倒産したあとも、こちらの会社の準備期間も、奥さんにはそれまでと同じように、定まった生活費を渡していたということです」

それについてどう思うかと、道原はきいた。

「それは知りませんでした。この会社の設立に当たって、深堀君はまったく出資していません。そのかわり、二、三か月間は無給で働いてもらうことにしていました。それでも家庭は大丈夫かときいたら、彼は、女房はそれぐらいのたくわえを持っているから、大丈夫だといっていました」

「奥さんでなくて、深堀さんにたくわえがあったんでしょうね？」

「不動産業の全盛期には、かなり高収入を得ていたようですから、そのころの預金を持っていたんでしょうね。私にはそんなことを一言もいいませんでしたが」

「深堀さんは亡くなるまで、五代さんと親しくしていたのでしょうか？」

「たびたび会っていたようです。五代さんにくっついて飲みに行っていたようですから」

深堀は、五代が死にぎわに口にした「カズコ」を知っていたのではないか。深堀が山で死んでいなかったら、いまごろは「カズコ」にたどり着き、五代がいい遺した言葉の意味が解明されていたかもしれない。

道原と伏見は、神田神保町にある医学書の出版社へ、菊池《きくち》という男を訪ねた。深堀の山仲間で、彼が遭難したとき、現地へ駆けつけた一人だった。

菊池はひょろりとした背をして、長い顔にメガネを掛けていた。深堀より一つ上の四十二歳だった。

「こんな場所で失礼ですが」

と菊池はいって、雑誌や書籍がぎっしりと積まれているせまい部屋へ、折りたたみ椅子《いす》を広げた。

道原は、五代和平の事件を簡略に説明し、彼と深堀が親しくしていて、一緒に山に登ったこともあったと話した。

菊池は五代に会ったことはないという。

「深堀さんは、一ノ俣谷で亡くなられていましたが、増水期にあのコースを単独で常念岳へ登るつもりだったと思われますか?」

道原はきいた。

「私はいまでもそれを疑っています。私と深堀さんは登山中に知り合い、五、六年のあいだ一緒に北アルプスへ登りました。回数にして六、七回だったと思います。彼も私も、無雪期の山を楽しむといった程度の登山者で、特別な人しか歩かないようなコースを登り下りしたことはありません。……深堀さんが一ノ俣谷で発見されたという知らせを受けたときは、なぜあんなところを登ったんだろうと、首をひねったものです。しかも単独行だったなんて」

「つまり深堀さんには、難コースの一ノ俣谷を登るような登山経験はなかったということですね?」

「ご存じでしょうが、山登りをする人は、たがいに過去の登山経験を話し合います。多少自慢げに話す人はいますが、山を知っている者がきいていれば、実際にどのくらいの経験を積んできたのかの想像がつきます。深堀さんは私と同じで、条件のいいとき、尾根歩きをした程度の経験者で、北アルプスでも一般の人に人気のある山にしか登っていなかったんです。そういう人が、一ノ俣谷を単独でやったでしょうか?」

「同行者がいたと思いますか?」

「想像でいい加減なことはいえませんが、単独ではあのコースをやる気にはならなかったと思います」

菊池は控えめないい方をしているが、深堀には同行者がいたものと思っているようだ。

　道原は、深堀の妻から借りてきた写真を見せた。妻の知らない男が三人写っている。そのうちの一人が五代だった。

「この角張った顔の人には、一度会ったことがあります」

「山でですか？」

「新宿で深堀さんと一緒にこの人と食事をしたことがあります。深堀さんとはずっと前、不動産会社に勤めていたころの同僚だといっていました」

　菊池は写真を手にしていった。

「名前を覚えていらっしゃいますか？」

「名刺を交換したような気がしますが……」

　といって、椅子を立った。角張った顔の男から受け取った名刺をさがしに行ったのだ。
　四、五分して菊池は名刺ホルダーを手にして戻った。
「この人だと思いますが、自信がありません」

　といってから電話を掛けた。電話の相手は橋本《はしもと》といって、深堀の遺体が見つかったとき、一緒に横尾まで行った男だという。菊池と橋本は十数年、ともに山に登っていた。二人が登った山小屋で単独できていた深堀と知り合い、以来交際していたのだった。

橋本は印刷会社の社員で、その会社は車で十数分のところにあるという。

「橋本さんは、これからここへきてくれます。彼の話も参考になさってください」

女性社員がお茶を運んできた。菊池は橋本がくることを彼女に告げた。ここの社員は橋本を知っているらしい。

二十分ほどして橋本がやってきた。菊池と同い歳ぐらいの中背中肉だった。

菊池が刑事の用件を、かい摘んで橋本に説明した。

「私は、深堀さんの遭難をこんなふうに想像しました」

橋本は前置きした。「彼は単独でポピュラーなコースをとって常念岳へ登るつもりだったんでしょうが、途中で一ノ俣谷を伝って常念へ登る人と出会った。その人はベテランらしかった。二人なら難コースでも平気だろうと考え、一緒に登る気になったんじゃないでしょうか」

「深堀さんに同行を勧めた人はどうしたと思いますか?」

道原がきいた。

「深堀さんが過《あやま》って谷に転落したんじゃないでしょうか。だが、相棒は助けることができなかった。その人は深堀さんを誘ったことを後悔したでしょうが、誘ったことの責任も感じた。難コースの経験のない者を誘ったことが遭難の原因になったので、深堀さんの家族や関係者に責められるのを怖れて、彼が谷に落ちたことを誰にもいわずに、下山してしまったんじゃないでしょうか。勝手な想像ですが……」

「いや、参考になるお話です」

道原はいった。

深堀のアルバムにあった写真を菊池が橋本に見せ、

「この人に見覚えがあるでしょ？」

と、角張った顔の男を指差した。

「覚えています。新宿の中華料理店で一緒にご飯を食べた人です」

橋本は思い出した。

「この人だと思って名刺を見たんですが、自信がありません」

菊池は名刺ホルダーから抜いた一枚を橋本に見せた。

「この人ですよ。私たちが会ったとき、店舗の改装工事の請負業をしているといっていましたから」

と橋本は答えた。

その名刺には〔清村《きよむら》美装　富塚信三《とみづかしんぞう》〕と刷ってあり、所在地は中野区新井となっていた。

それをきいて、伏見が富塚の名刺をノートに書き取った。

深堀と一緒にもう一人、丸顔の男が写っているが、菊池も橋本も見覚えがないと答えた。

菊池と橋本は去年七月、深堀の葬儀に参列した。その席で二人は五代らしい男には会っていなかったし、富塚の顔も見なかったという。

4

清村美装は、中野駅から歩いて七、八分だった。

一階が作業場で、電動ノコや物を打つ音がしていた。事務所は二階にあった。社員が四、五人いて、次々に鳴る電話に追われていた。

数分待たされて、応対に出てきた女性社員に富塚信三はいるかときくと、彼女は急に顔色を変えた。その理由は外出から戻った社長の話で分かった。

「富塚はたしかにうちに勤めていました。去年の六月初め、旅行をするといって休暇を取りましたが、それきり行方不明になっています」

ずんぐりしたからだつきの清村社長はいった。

それをきいて、道原と伏見は顔を見合わせた。

富塚は去年の六月一日から休暇を取った。三泊四日の予定で旅行するということだったが、出社日の六月五日になっても出てこなかった。社員が自宅へ電話すると妻が出て、旅行に出たきり帰ってこないし、一度も連絡がないと答えた。どこへ旅行したのかときいたところ、行き先は不明ということだった。

「奥さんというのが、いい加減な女なんです。夫が帰ってこなかったら、会社へ電話を掛けるのが普通じゃないかというと、いつ帰ってくるのかきいていなかったからだというんです。私は、奥さんと一緒に旅行に出たのだとばかり思っていたんですが、富塚は一人で出掛けたということでした」

「同僚で、富塚さんの旅行先を知っている人はいなかったんですね？」

道原はきいた。

「話もきいていないようでした。それから三日たっても、自宅にも会社にも電話一本ないものですから、私が奥さんに会いに行きました。彼女は心配しているようすもなく、そのうち帰ってくると思うといっていました」

だが気になった清村は、警察に捜索願いを出すことを勧めた。住所の所轄署に家出人捜索願いを提出したのは、出社予定日から一週間後だった。

「奥さんは、富塚さんの知り合いなどに連絡を取ったでしょうね？」

「どうなんでしょうね、こちらがいわないと電話もよこさない女です。あれから一年近くなりますが、富塚の消息はまったく分かりません」

「富塚さんにはお子さんは？」

「彼は再婚でした。別れた奥さんとのあいだには子供が二人いたようです。二度目の奥さんとは、赤坂のバーで知り合ったようです」

「いまの奥さんはホステスでもしていたんですか？」

「富塚と一緒になってからもホステスをしていました。いまもそうだと思います。もう二、三か月連絡を取り合っていませんが」

「富塚さんは、こちらではどういう仕事をしていましたか？」

「営業です。彼は以前、不動産会社に勤めていて、建売り住宅の部署にいた関係で、中小の工務店を何社も知っていました。不動産会社が倒産したためうちへ入りました。よく働く男で、日曜日や夜に工務店の社長を訪問することもありました。平日はなかなか会えない相手をつかまえるには、休日がいいといっていました。彼のお陰で、うちの社の受注はぐんと増えたんです」

「どうなったか分かりませんが、惜しい社員を……」

「ええ。彼に代わる者がいなくて、困っています」

清村はそういって、隣室で電話を掛けている社員の声をきくような顔をしていたが、

「刑事さんは、五代という人の事件を調べていらっしゃるということでしたが、富塚のことをどこでおききになったんですか？」

と、思いついたようにきいた。

道原は深堀志朗のことを話した。彼のアルバムに富塚の写真があったのだといった。

「そういえば、富塚は山が好きでした。うちへ勤めてからは、一、二回しか登山には出掛けなかったんですが、その前は、年に何回も山へ行っていたと話していました」

「ひょっとしたら富塚さんは、旅行だといって、山に登ったんじゃないでしょうか？」

「それなら奥さんにそういって出掛けたと思います。私たちにも山へ行くといって休んだでしょう。彼が山へ登るといっても、私には反対する理由はありませんから」

清村はそういったが、道原はノートを開いた。

深堀は、去年の六月二日に、常念岳へ登ると妻にいって家を出たきり行方不明になった。捜索願いによって、豊科署の山岳救助隊が、常念岳に通じる登山コースを捜索したが発見できなかった。約一か月後の七月四日、一ノ俣谷で登山パーティーに遺体で発見された。

一方、富塚は去年の六月一日から旅行だといって休暇を取り、住まいを出ているという。

二人が一日違いで家を出たことは、偶然だろうか。深堀と富塚は、不動産会社で同僚だったし、かつて山行をともにした間柄だった。

道原と伏見は、富塚の妻に会うことにした。その住所は練馬区江古田のマンションだったが、妻はいなかった。水商売の彼女はいつも午後六時ごろ出掛けると、マンションの家主はいった。

家主に、富塚のことをきいたが、去年の六月、行方知れずになったきり、消息が分からないと妻からきいているというだけだった。妻がどこで働いているかは知られていなかった。

道原と伏見はしかたなく、東京出張のたびに泊まる西新宿のビジネスホテルへ向かった。

富塚信三の妻保子《やすこ》に会ったのは、次の日の昼前だった。もっと早く彼女を訪問したかったが、深夜まで働いている彼女のことを思って、昼近くにしたのだった。

保子は、栗《くり》色に染めた髪を肩に広げていた。

インターホーンで警察官だと告げると、三、四分待たせてドアを開けた。室内にはタバコの匂《にお》いがただよっていた。

「どうぞお入りください」

大柄な彼女はいって、スリッパを二足そろえた。

リビングには小振りのソファがあって、白と紫の花が飾ってあった。

「コーヒーでよろしいですか?」

彼女は喫茶店の人のようないい方をした。

道原がかまわないでもらいたいというと、返事をせずにコーヒーを出した。彼が長野県警の者だといったのに、用件をきかなかった。

きのう訪ねた清村美装の社長は彼女のことを、「いい加減な女」といっていたが、ものごとに動じない大ざっぱな性格なのではないか。

保子は、コーヒーを淹《い》れて二人の刑事の正面に腰掛けると、革のケースから抜いたタバコに火をつけた。白くて長い指の爪《つめ》は赤く染められていた。たぶん三十五、六だろう。

「深堀志朗さんをご存じですか?」

道原は切り出した。

「富塚からきいたことがありますが、お会いしたことはありません」

彼女は煙を吐きながら答えた。

「深堀さんは、去年の六月二日、北アルプスへ登るといって出掛け、遭難しました。ご存じでしたか?」

「亡くなったんですか?」

「ええ」

「知りませんでした」

大して驚いたふうもなく彼女はいった。

「深堀さんのアルバムに富塚さんの写真があったことから、お二人が親しくしていたことが分かり、きのう清村美装を訪問しました」

「社長にお会いになったんですね？」

「会いました」

「わたしのことを、悪くいっていませんでしたか？」

「ご主人が行方不明になったのに、心配もしていないようだったといっていました」

「心配しないことはありません。夫のことですから。でも、かならず帰ってくると思っていました」

「ところが今日になっても消息が分からない。どうしていると思いますか？」

「さっぱり分かりません」

保子は、コーヒーに砂糖を注いだ。

「富塚さんは、去年の六月一日、旅行だといって出掛けられたそうですね？」

「はい」

「どこへ行くといっていましたか？」

「旅行に出る一週間ぐらい前、京都から福井のほうを回るといっていました」

「そのことを、捜索願いを出した警察には話しましたか？」

「話しました。でも泊まる場所をきいていなかったものですから、警察の方には、確認のしようがないといわれました」

道原は、富塚が出て行くときの服装と持ち物をきいた。

富塚は、彼女が寝ているうちに出て行った。だから服装は見ていないが、グレーのスーツがなくなっていたので、それを着て行ったはずだと答えた。

洗面用具や着替えの下着類は、前の晩、彼女が仕事に出ているうちに用意して、黒いボストンバッグに入れていたという。

5

道原は、深堀の妻から借りてきた写真を保子に見せ、夫の富塚に間違いないかを確認した。

彼女は山中で撮った写真を手にしてうなずいた。

「富塚さんは何歳ですか？」

「四十四です」

「血液型をご存じですか？」

「A型です」

「間違いないですね？」

「献血して、そのカードを持っています」

彼女は隣室からカードを持ってきて見せた。

体格をきいた。身長は一七三センチ、体重は六七キロぐらいで、肩幅が広くて、がっちりしたからだつきだといった。写真を見ると、角張った顔で、眉が濃い。

「過去に大きな怪我《けが》をしたことがありますか？」

「怪我ですか……」

保子は頰《ほお》に手を当てて考え顔をしていたが、

「わたしと一緒になる前のことですが、山に登っていて滑り、歯を折ったといっていました」

「どの歯ですか？」

「上の前歯です。だから上前歯の三本が義歯です。ちょっと見たぐらいではわかりませんけど」

保子は、なぜそんなことをきくのかという表情をした。

「おやじさん」

横から伏見が小さな声で呼んだ。

道原が伏見のほうを向くと、彼は大学ノートを広げて見せた。それには、上高地の六百沢沿いの山林から掘り出された人骨の内容が詳しく書かれていた。ノコギリでバラバラにされ、六回に分けて運ばれたもようと、推測されている。その遺体は男性で、血液型はA型。推定身長は一七二、三センチ。がっちりした骨格と記されている。

バラバラに切断した犯人は五代和平に違いない。彼は去年の十月十四日から十九日まで、松本市内の大信州ホテルに「加藤久次」の名で宿泊し、客室に招いた男を刺殺し、浴室においてバラバラにし、それを登山用ザックに詰め、上高地の山林に遺棄したものとみられている。バラした遺体を運ぶさい、ホテルの備品であるシーツや浴衣やタオル類で包んだ。それらが大信州ホテルの物と判明し、殺害場所と犯人が推定されたのだった。

「ご主人によく似たご遺体が、私たちの署の管内から見つかっています」

道原は、おっとりした感じの保子の顔を見つめていった。

「えっ」

さすがに彼女の表情が変化した。

「上高地の山林から、バラバラにされた男性の遺体が発見された事件を知りませんか?」

「そういえば、一週間ぐらい前にスポーツ新聞で見た覚えがあります」

彼女は新聞を定期購読していないという。テレビもめったに観《み》ないといった。

「富塚さんがかかった歯科医をご存じですか？」

「知りません。前歯を治した歯医者さんを、前の奥さんなら知っているんじゃないでしょうか」

前妻は、木戸頼子《きどよりこ》といって大阪生まれで、現在も大阪に住んでいるという。

保子は銀行が発行した黒い表紙のポケットノートを持ってきた。富塚の洋服ダンスの引き出しに入っていたのだという。彼女がそれを開いたら木戸頼子の住所と、二人の名前が書いてあった。富塚にきくまでもなく、別れた妻と子供たちだということが分かったという。三人の名前の下には生年月日らしい数字も記されていた。

そのノートにはそれしか書いてなかったが、毛髪が一本はさまっていた。道原はそれをティッシュペーパーに包んで伏見に渡した。

遺体の確認に役立つと思ったからである。

「奥さんは、五代和平という名前に覚えがありますか？」

「五代さん……富塚からきいたことがあります。……あ、思い出しました。歌舞伎町で、殴られて……」

「そうです。こどもの日の夜、被害に遭って亡くなりました。五代さんのことをご主人からは、どんなふうにきいていましたか？」

「ずっと前に同じ会社に勤めていた人で、ずいぶん世話になったといっていました」

「お会いになったことは？」

「ありません。……一度、山梨県のとてもおいしいブドウを送ってくれたことがありました」

　五代は山梨県生まれだった。

　道原は、保子の吐いたタバコの煙を目で追い、今回の事件を振り返った。五代は何者かに殴られたのがもとで死亡した。死ぬ直前に、「人を殺して上高地へ埋めた」だの、「カズコ」だのと何度かつぶやいた。彼の山行アルバムから、かつて同僚だった深堀志朗を見つけた。が、彼は去年の六月初め山に登って死亡した。五代のアルバムには角張った顔の男が収まっていた。それが富塚信三だということが確認できたが、彼も去年の六月初めに旅行に出たまま行方不明になっている。五代は殺されたのだが、深堀の遭難にも謎《なぞ》がある。彼一人では登るはずのない登山コースで遺体が発見されたからだ。

　道原は保子に断わって四賀課長に電話した。

　上高地の六百沢から発見された白骨遺体を、保子に見せたものかどうかをきいたのだった。

「見てもらって、はたして夫だと確認できるかな?」

課長は首を傾げているようだった。

「上前歯の三本が義歯という点も富塚さんと合致しています」

「遺体を一日も早く家族に渡してやりたいし、遺体が富塚だと確認できたら、捜査のやり方も変わってくるが……。伝さんどうだね、富塚の前の奥さんから、彼の特徴をきいてみたら?」

「そうしようとは思っています」

道原は電話を切ると、保子のほうを向いて、白骨化しているが遺体を見るか、ときいた。

彼女は両手で頬をはさんだ。迷っているというよりも、心が震えているようだった。

「あなただけでは心細いでしょうし、ご本人だということが確かめられないかもしれません。富塚さんをよく知っている人と一緒に見ていただいてはどうですか?」

「富塚をよく知っている人……」

保子は、タバコを袋から抜くと、清村社長に頼んでみるかと、つぶやくようにいった。

道原は、それがいいと賛成した。

保子はタバコに火をつけて、自分を落着かせるように二、三呼吸してから電話を掛けた。

電話の向こうで清村は驚いているようだった。

道原が電話を代わった。上高地で発見された白骨遺体のことを説明し、体格、血液型、義歯など、富塚に似ている点がいくつかあると話した。

清村は、いつ行ったらよいかときいた。一日も早いほうがいいのだがというと、また保子に電話を代わった。

二人は話し合い、結局、あすの朝の特急で向かうことに決まった。

マンションを出ると道原は、富塚と別れた木戸頼子に電話した。保子の話だと頼子は四十歳だという。

当たり前だが頼子は関西弁だった。

彼女は、富塚が去年の六月から行方不明になっていることを知らなかった。

「富塚さんは、京都から福井のほうを旅行するといって出掛けられたそうですが、あなたのところには立ち寄らなかったですか？」

「いいえ。この二年ぐらいは、電話も掛かってきません」
三、四年前までは、二人の子供の誕生日に、なにか買ってやってくれといって、現金を送ってよこしたという。
「お子さんは、おいくつですか？」

「上が女の子で十六、下が男で十三です」

彼女は低い声で答えた。

学費など要る年ごろだが、富塚から養育費は受け取ったのだろうか。

道原は、富塚がかかっていた歯科医を覚えているかときくと、なぜそんなことが必要なのかと彼女はきき返した。上高地から発見された白骨遺体のことを説明した。

「なんということでしょう。子供たちにはどう話したらいいのか……」

と、彼女は涙声になった。

頼子は、富塚と暮していたころの東京の住所をいった。

「名前は忘れましたが、その近くに三階建ての歯医者さんがありました。そこです、富塚が折れた前歯を入れたのは」

「そのほかに、富塚さんの特徴で覚えていることはありませんか?」

「富塚は、山に登って、左足の小指を折りました。手術しましたが、右の小指の半分ぐらいしかありません」

それだけいうと、彼女は泣き出した。富塚と暮した十数年間の星霜を思い出したようだった。

翌朝の特急電車に道原と伏見は、保子と清村社長と、そして杉並区の歯科医とともにに乗った。上高地の山林から発見された白骨遺体が保管されている松本市の大学法医学教室へ直接向かった。

静まり返った長い廊下を歩いていると、前方から制服警官に付き添われるようにして、喪服のような黒い和服の女性がうつ向き加減にやってきた。

それを見た保子の足がとまって、凍ったように動かなくなった。黒い和服の女性は、木戸頼子だった。

六章　光の孤島

1

松本市にある大学の法医学教室へ通じる長い廊下で、二人の女性は顔を見合わせた。富塚信三の妻保子と、富塚の先妻木戸頼子である。二人の視線は四、五メートルの間隔で一瞬火花を散らした。頼子のほうが先に睫《まつげ》を伏せた。

二人は初対面のようであるが、保子には頼子だと、頼子には別れた夫の現在《いま》の妻だということが、直観的に分かったらしかった。

二人は挨拶《あいさつ》を交わすには離れ過ぎている空間をおいて、腰を折った。

頼子は、白骨遺体との対面を終えたのだという。

道原は、控室で頼子と話すことにした。

遺体の保管場所へは伏見がついて行くことになった。

「いかがでしたか？」

道原は黒い和服の頼子に、遺体を見た感想をきいた。

「富塚かどうかは分かりませんが、特徴を伺うと彼のような気がします」

「歯医者さんが一緒にきましたから、義歯や治療痕で確認できると思います」

「富塚だとしたら、どうしてあんな姿に？」

「それが分かりません。ご遺体が上高地の山林で発見されたのは、五月初めですが、きのう電話でお話ししましたように、約一年前、旅行するといって出掛けたまま、奥さんにも連絡がなかったんです。……あなたは、五代和平という人をご存じですか？」

「はい。富塚とは一緒に働いていたことがありますし、親しくしていました。そのころ、二、三度お会いしたことがありますし、毎年、秋になるとブドウを沢山送ってくださいました」

頼子は、五代が夜の新宿・歌舞伎町で、無残な死に方をしたのを知らないようだった。

道原は五代の事件を、かい摘《つま》んで話した。

「なんという亡くなり方を……」

彼女はハンカチを口に当てた。

死の直前に五代が口にした言葉から、上高地の山林を捜索して白骨になった遺体を発見した。ついいましがた頼子が見た遺体がそれである。

「五代さんにも、お子さんがいらっしゃいましたか？」

「十歳になる男の子がいて、立川市で奥さんと暮していますす」

頼子の頭に残っている五代は、強烈な個性で肉迫してくるような男だったという。

ドアにノックがあり、伏見が顔をのぞかせた。保子たちの対面が終ったという。同行した歯科医は、義歯と治療痕を見て、富塚に間違いないと断言したという。

それと頼子の記憶にある足の小指の特徴も一致した。したがって遺体は、富塚信三にほぼ間違いないということになったが、彼の持ち物だったノートや自宅から採取した毛髪によって、ＤＮＡ鑑定を行うことになった。

「わたしは帰らせていただいてよろしいでしょうか？」

頼子は襟元を押さえていった。保子とふたたび顔を合わせたくないともいった。保子は、富塚と頼子の離婚の原因となった女性のようである。彼は水商売の保子と知り合い、やがて好きになったことから頼子と別れることになった。富塚は不動産会社にも勤めたし、勤務先を何度も変えた。妻としては夫の職業の不安定が恐かったのだ。いったんは好きになって結婚し、子供をもうけたが、妻以外の女性と親密になるような男と、一生をともにする気になれなくなったのだろう。

道原にはもう一つ質問することがあった。深堀志朗という男を知っていたかと頼子にきいた。

「きき覚えのあるお名前です。もしかしたら、富塚と一緒に登山をした人ではないでしょうか？」

「深堀さんも山登りをしていました。お会いになったことは？」

「なかったと思います。そういう覚えがありませんので。……深堀さんがなにか？」

「去年の六月初め、北アルプスへ出掛け、行方不明になりましたが、一か月後に山中の深い谷で遺体で見つかりました」

「えっ。富塚もそうですが、知り合いの人が、二人も亡くなるなんて……」

「三人とも事故や事件で亡くなっています。さっき見ていただいたご遺体が富塚さんだとしたら、以前同じ会社に勤めていたことのある三人が、去年から今年にかけて相次いで亡くなったことになります。見ていただいたご遺体は、明らかに殺害されたものです」

頼子は目を瞑《つぶ》ると首を横に振った。忌わしいものを振り払うしぐさだった。

道原は大学の門まで彼女を見送り、二人の子供を大切にするようにといった。歩きだした彼女は十数歩行って振り返り、頭を下げた。後ろ姿ははかなげだった。

保子と、富塚が勤めていた会社の清村社長と、歯科医はべつの控室にいた。

歯科医は、富塚を治療したさいのレントゲン写真とカルテを道原に見せ、白骨遺体の歯と一致していると説明した。

保子はタバコを指にはさんで、頼子は帰ったのかと道原にきいた。頼子と比べると大ざっぱな感じで下品だった。富塚はまったくタイプの異なる二人の女性と結婚したことになる。

2

青森県警八戸《はちのへ》署から豊科署に連絡が入った。八戸市には赤堂和子の母きぬが住んでいる。和子の公簿上の住所もきぬと同じ場所である。つまり彼女は住所の異動を一度も届出ていなかったのだ。

八戸署の刑事はきぬに会い、和子の現住所をきき出したのだった。

和子の住所は札幌市中央区、豊平川沿いのマンションだと分かった。きぬはときどきそこを訪ねていたのである。

きぬの話だと、和子は現在も独身で、独り暮しをしており、ススキノでクラブを経営しているという。そのクラブの名は「夕霧《ゆうぎり》」だった。八戸署の刑事は、夕霧の所在地と電話番号を読んだ。それをきいた道原は、すぐにもその店へ電話してみたい衝動が起こった。

札幌の警察は、赤堂和子の名で飲食業営業許可を調べたのに該当がなかった。だから彼女の経営している店も分からなかったのだし、住所も判明しなかった。しかし、いまの連絡だと彼女は札幌市内に住み、クラブを経営している。

和子は営業許可を取っているオーナーに使われているのではないか。だから氏名が表に出てこないのだ。いわゆる「雇われママ」であって、経営者ではないのだろう。

「伝さん。やっとのことで和子の所在を摑《つか》んだ。札幌へ飛んで、彼女の身辺を嗅《か》いたうえで、直接会ってくれ」

四賀課長がいった。

「彼女の所在が分かってみると、死ぬ直前に五代が口にした『カズコ』が、はたして彼女なのかと不安になりますね」

「私は、ほかに『カズコ』はいないと思う。自信を持って会いに行ってくれ」

道原に同行する伏見は、すでにボストンバッグを二つテーブルに置き、必要な物を詰めた。事件や事故で相次いで死亡した三人の男の写真も用意した。赤堂和子の写真もである。あとは自宅で着替えを入れるだけだ。

松本、札幌間は飛行機で一時間半だ。この航路ができる前は、列車で東京へ出て、羽田から飛行機に乗ったものだ。五、六年前まではすべて列車だった。できるかぎり捜査費用を切りつめなくてはならなかったからだが、最近は捜査のスピードを重視するようになった。

千歳空港へ向かう機内で伏見は、まず赤堂和子に会ったほうがよいのではないかと主張した。道原も賛成だった。和子がどんな人間かを先に知りたかったし、五代の事件に関係があるかどうかの感触を摑みたかった。

五代和平が歌舞伎町《かぶき》の交番へ血だらけになって倒れ込み、「カズコ」と口走ってから二週間近くが経過している。その間、道原と伏見は、ひたすら「カズコ」をさがして、いろいろな人に接触した。

銀座と六本木のクラブで働いていた赤堂和子にたどり着いた。彼女に惚《ほ》れて、一緒になってくれと頭を下げた、高名な画家がいたことも知った。

彼女は現在四十一歳だ。道原は十年ほど前の彼女の写真を持っている。そのころの彼女のことを、「めったに見ることのできないようないい女だった」といった人が何人もいた。なにがあって東京から札幌へ移ったのか知らないが、彼女は変わっただろうか。

和子の現住所のマンションは、豊平川と中島公園にはさまれた場所だった。川に沿って高層マンションが建ち並んでいる一画で、地下鉄の幌平橋に比較的近かった。

道原と伏見は、高層マンションを見上げた。抜けるような蒼空《あおぞら》があり、頭上を鳩《はと》の群れが飛んでいた。きょうの気温は信州と同じぐらいではないか。

和子の部屋は九階だった。ドアの上の部屋番号の下に「赤堂」と小さな名札が出ていた。

伏見がインターホーンのボタンを押した。夕方近くだ。水商売の女性は部屋にいそうだった。二回押すと応答があった。「はい」とだけ女性がいった。

「赤堂和子さんですね？」

伏見がきいた。

「はい」

「警察の者です」

「警察……。どんな用事ですか？」

女性の声は落着いていた。

「長野県警の者ですが、お話を伺いにきました」

「長野県の……。少しお待ちください」

二分ぐらいして、ドアが開いた。

道原と伏見が手帳を見せ、いま一度、赤堂和子かを確認した。

「わたしですが」

「ちょっと失礼します」

二人はいうと同時に、玄関へ入った。

和子はグレーのワンピースを着ていた。写真の彼女より少し太った感じがした。

三和土《たたき》には、つっかけと踵《かかと》の低い黒い靴がそろえてあった。上がり口が畳二枚分ぐらいの広さの板の間で、廊下の奥は見えない造りになっていた。白い壁には黒い直線に赤、黒、緑の原色の球の描かれた抽象画の額が掛けてあった。

話をききたいのだがと、道原があらためていうと、和子は二人の顔をにらむような目をしてから、

「お上がりください」

といって、スリッパを二足そろえた。

上がってすぐ左手が客間だった。それのドアは茶色で厚く、内装に高級感があった。洋間だった。辛子《からし》色をしたソファはゆったりしていた。彼女以外には誰もいないようだ。かすかに音楽がきこえる。奥にはどんな部屋があるのか分からないが、ピアノの曲はそこから流れているようだ。

「どういうお話ですか？」

彼女は、赤黒く塗ったテーブルの向こうの椅子《いす》に腰掛けた。

壁には、花びんに活けたバラの花と、残雪の山の風景画の額が向かい合うように飾

られていた。

道原は彼女の言葉がきこえなかったように、風景画を見つめた。その風景は間違いなく安曇野《あずみの》だった。高さを強調して描かれている山は鹿島槍《かしまやり》ケ岳と五竜《ごりゅう》岳のようだった。林のあいだから青くのぞいているのが青木湖だろう。白馬の手前の美麻《みあさ》村あたりからの眺望ではないかと想像した。

「あなたに会うために、あちらこちらと、ずいぶんさがしました」

「わたしは五年間、ここから動いていません」

「十年前、六本木の『クラブ・桐子』をやめてからの消息が分からなかったんです。なぜ、八戸市に住民登録を置いたままにしているんですか？」

道原は和子の、透きとおるような白い肌を見てきいた。

「生まれたところですし、母が住んでいますから」

「東京の品川区にいたときも、あなたは住民登録をしなかった。住んでいる場所に住民登録をしなくてはいけないんですよ」

「母が寂しがると思ったからです。母娘二人きりですので」

和子は足を組むと、ワンピースの裾《すそ》を引っ張った。

十数年前、東京の高級クラブで彼女を見ていた男たちは、「うっとりするような美人」とか、「ふるいつきたくなるような女」といっていた。たしかに顔かたちはととのっているが、道原には、底光りする目を持った女性と映った。

「五代和平さんを知っていますね？」

道原は、彼女の目の奥をのぞくようにしてきいた。刑事にとっては、事件に関してその最初の質問をしたときの関係者の反応を読み取るのが肝腎《かんじん》である。

「はい」

彼女はこの質問を予想していたのか、表情にはまったく変化を表わさなかった。

「最近はいつお会いになりましたか？」

「五代さんにですか？」

「そう」

「東京にいるときにお会いしたきりです」

「では十年前？」

「はい。六本木の『桐子』にいるころです」

「五代さんは、あなたの消息を知っていたと思っていましたが」

「いいえ」

「札幌にいることを、五代さんには連絡しなかったんですか？」

「連絡しようと思って電話しましたが、お勤め先が変わったとかで、連絡がつきませんでした」

「画家の由良公造さんや、白十会の並木医師や、恭風出版の小野寺社長には電話しているのに、五代さんについてはどうして消息を知らせなかったんですか？」

「ですから、連絡がつかなかったんです」

「五代さんは、たしかに勤務先を転々としたし、ご自分で事業を始めたりした。しかし、前の勤務先では彼の移った先を知っていましたよ」

「そうですか。わたしには教えてくれませんでした」

彼女はそういうと、お茶を淹《い》れましょうといって椅子を立った。

道原は、かまわないでくれといったが、彼女は彼の言葉を無視するように部屋を出て行った。

和子は、木製の盆にお茶をのせてきた。緑色の花のついた湯呑《ゆの》みは高価な物に見えた。

「五代さんが亡くなったことは、知っていますね？」

「えっ。五代さんが。……知りません」

彼女は眉《まゆ》を動かした。

「北海道の新聞にも大きく出たはずです。テレビニュースでもやったでしょう」

「最近ですか？」

「今月初めです。こどもの日の真夜中、新宿・歌舞伎町で、何者かに殴られたのが原因で亡くなりました。警視庁は殺人事件で犯人を捜査しています」

「知りませんでした」

「新聞を取っていないんですか？」

「取っていますが、見ない日があるものですから」

殺人事件の記事は何日間もつづけて載っている。新聞を購読していれば、何日か後であっても気づくはずだ。五代が殺されたころ、彼女は何日間か住まいを空けていたのだろうか。

3

「あなたは店で、従業員やお客さんから、歌舞伎町で起きた殺人事件の話をきいたことがなかったですか？」

道原は、和子の表情を窺《うかが》った。

「わたしは毎日、店へ出ているわけではありませんので……」

きいた覚えはないというのだ。

「それでは話しましょう。……五代さんは五月五日の真夜中、歌舞伎町交番へ頭から血を流して倒れ込みました。かなり酒を飲んでいるらしく酔っていました。そこで彼は警察官に向かっていろいろなことを喋《しゃべ》りました」

和子は腕組みし、テーブルの中央あたりに視線を当てている。

「五代さんは、『カズコ』とか、『カズコにやられた』というようなことを何度も口にしています。病院に収容されてからもです。それで警察は、『カズコ』というのは女性の名で、事件に関係があるものとみて、『カズコ』の割り出しを始めました。なぜなら前、人を殺して上高地へ埋めたと話したんです。上高地は豊科署の管轄ですから、長野県警の私たちが歌舞伎町で起きた事件を調べているかというと、五代さんは亡く彼が口にした場所を捜索した。その結果、彼がいったとおり人骨が発見されました。その新聞記事も見ていませんか?」

「少しも知りません」

いったいこの女性は、新聞のどこを読んでいるのか。

「人骨は男性と分かりました。調べたところ、五代さんが変名を使って去年の十月、松本市内のホテルに五泊し、その部屋で人を殺して、バラバラにし、それを何回かに分けて上高地へ運んで、山林に埋めたことが分かりました。……あなたは、富塚信三という人を知っていますか?」

「さあ。きき覚えのない名前です」

和子は足を組みかえた。

「五代さんに殺されて、バラバラにされ、上高地に埋められたのが富塚さんです」

彼女は、刑事の話に興味がないといった表情でお茶を飲んだ。

「私たちは、五代さんが亡くなる直前まで口にしていた『カズコ』はあなたのことではないかと思いました」

「やめてください、刑事さん。なぜ五代さんにわたしが名を呼ばれなきゃならないんですか。さっきもいいましたとおり、五代さんとはもう十年以上も会っていないんですよ」

「東京にいたときは、五代さんと親しくしていましたね?」

「親しいといっても、クラブのお客さんとホステスの関係です」

「私がいう親しさとは、それ以上の男女の関係を指しているんです」

「それでしたら、はっきり否定します」

電話が鳴った。彼女は椅子の背に反《そ》って話し始めた。

「詳しいことはあとにしてくれない。いまお客さんだから」

そういって電話を切った。

「さっき、あなたは、毎日店に出ていないといいましたが、どういうことですか?」

「いいママがきてくれたものですから、その人に任せて、わたしは週に二回ぐらいしか行かないことにしています」

「あなたは初めから、自分の名で営業許可を取らなかったんですね？」

「ススキノで長くやっていた店を買ったものですから、わたしの名では……」

和子はクラブのオーナーだが表面には出ないことにしているらしい。

「あなたが、いまのクラブを始めて、何年になりますか？」

「五年です」

「クラブは、繁昌《はんじょう》していますか？」

「三年ぐらい前から売上げはぐっと減りました。いまは維持していくのが精一杯の状態です。どの店も同じだと思いますが」

死にぎわに五代が口にした「カズコ」は、いったいどこの誰のことだったのだろうかと、道原は和子に向かって首を傾《かし》げて見せた。

彼女は湯呑みを持ったまま無表情でいた。

銀座の「クラブ・花紋」や、六本木の「クラブ・桐子」にいた和子を当てにして通った客は、彼女のどこに惹《ひ》かれたのかと思うほど、現在の彼女は乾いていた。目の前にいる男が二人、招かざる客だからか。それとも刑事だからか。着飾って店に出、客の相手をすると妖《あや》しい女に変貌《へんぼう》するのだろうか。

道原は左手の壁の絵に顔を向け、

「これは信州・安曇野の風景ですね？」

といった。

彼女は、「そうです」と答えず、

「刑事さんは松本の近くからおいでになったんですね？」

と、道原の名刺に目を落としていった。

「松本市の隣町です。松本や豊科へ旅行したことがありますか？」

「あります。もうずっと前のことです」

彼女は壁の絵を見上げた。

「この絵は、由良公造さんの作品ではありませんか？」

「刑事さんは、絵にお詳しいのですね。この絵を見て、作者を当てたのは、刑事さんが初めてです」

「由良さんは信州のご出身です」

「そうでしたね」

彼女は急に懐かしそうな表情をした。

「あなたの住んでいるところをさがすために、いろんな人に当たっているうち、由良さんとあなたが親しくしていたという話もききました。そして、ある人から由良さんの作品集も見せてもらうことになりました。由良さんはあなたを好きだったそうですね」

「先生に頼まれて、モデルになったこともありますし、とても親切にしていただきました」

「由良さんはあなたを、ご自分の近くに置きたかったようですが？」

「先生におききになったんですか？」

「いや。由良さんをよく知る人からきいたんです。由良さんとは何度か一緒に旅行もしたそうですね？」

「塊画堂《かいがどう》の瀬木さんからおききになったんですね？」

「瀬木さんにもお会いしました。……由良さんはあなたと一緒になりたかったようです。先生のプロポーズをなぜ断わったんですか？」

「そのころ先生は六十半ばでした。わたしとは三十何年も離れています。それと、あんな立派な先生の奥さんなんか、わたしはとてもつとまりません。そう思ってお断わりしました」

「由良さんはあなたに、北アルプスの焼岳《やけ》を描いた絵を贈ったそうですが、いまも持っていますか？」

「それもご存じでしたか」

「見せていただけませんか？」

「出してきます」

彼女は椅子を立った。ワンピースの裾が風を起こした。

また電話が鳴った。彼女は奥の部屋で受話器を取り、話しているようだった。

「クラブのママというより、事業家といった感じですね」

伏見が低声《こごえ》でいった。

「他人の名義でクラブの営業許可を取っているから、札幌の警察が調べても彼女の名が出てこなかったんだな。自分の名で店をやったほうが、なにかと便利だろうと思うが、どうしてなのかなあ？」

「札幌に長く住みながら、住民登録もしていない。事業をやっていれば、住民票や印鑑証明が必要なときがありそうな気がしますがね」

奥のほうで、コトコトと音がし始めた。電話は終ったようだ。

「お待たせして、すみません」

彼女は、絵の額を重そうに提げてきた。額には白い布が掛けてあった。大切に保存している物という雰囲気がある。

伏見が手を貸して白布を取りのぞいた。金色の厚みのある額縁が現われた。

和子が絵を道原のほうに向けた。

黄褐色の焼岳が画面一杯に描かれていた。白い斑点《はんてん》は雪を表わしている。山頂付近の中央部に深く切れ込んでいるのは大爆発のさいの割れ目で、そこにマグマの舌がのぞいているように、真っ赤に燃える部分があった。

絵の裏に「爆裂火口」と画題を書いたカードが貼《は》ってあった。由良公造は、焼岳の容《すがた》を描こうとしたのではない。いつ炎を吹き上げるやも知れない山の内臓と噴火口を描いたようだった。マグマの赤い舌はいかにも不気味であり、烈《はげ》しかった。じっと見ていると、赤い部分から真っ赤な火山弾が打ち出されてくるような錯覚にとらわれた。塊画堂の瀬木はこの絵を、「由良先生の作品には珍しい、烈しさがある」と評していた。烈しさだけでなく、脈動がある。山全体が中心から突如真っ二つに割れ、炎が天を焦がし、流れ出る熔岩《ようがん》が山麓《さんろく》の林を焼きつくしそうでもある。

この絵をなぜここに飾らないのかと、道原は壁を指差した。

「こういうとこへ掛けておく絵ではありません。これを見ていると、なにか思いもよらないことが起こりそうな気がします。由良先生はなぜわたしに、この絵をくださったのか……」

分からない、と彼女はいって、腕を組んだ。

「目の利く人に見せたら、欲しがるでしょうね」

道原は彼女の顔を注目した。

「そうでしょうか？」

彼女はわずかに首を曲げた。

瀬木の話では、由良がこの絵を完成させたのは、前夫人を亡くした年で、日展に出展し、評判を呼んだということだった。画商の瀬木は買い取りたいといったのだが、画家は首を横に振ったという。由良は、名作の折り紙をつけられた絵を、和子に贈ったのだ。彼は彼女のためにこれを描いたのか。

道原は、絵を見せてもらった礼をいった。

伏見が元どおりに白い布で丁寧に包んだ。

4

道原と伏見は、中島公園を歩いた。この公園は川に囲まれ、園内には百花園や博物館もある。

和子は五代を知ってはいたが、東京を去って以来会っていないと答えた。東京にいるころ、親密な仲でもなかったといった。彼女の言葉どおりなら、五代が死にぎわに口にした、「カズコ」は別人ということになる。「カズコ」のほかに彼は、「ノート」ともいい遺して息を引き取った。たぶんポケットにノートを入れていたのではないか。そこには「カズコ」の連絡先が書いてあった。だからノートを見てくれれば、「カズコ」の住所が分かるし、連絡が取れるということだったのではないか。それで「カズコ」を割り出す捜査をつづけた結果、赤堂和子にたどり着いた。その和子に会ったら、五代の事件すら知らなかったといわれた。

「札幌にきた彼女が、五代に電話を掛けたが、勤務先をやめたといわれ、それきり連絡が取れなかったという話は信用できません」

伏見がいった。

「そういわれたからといって、おれたちは引き下がるわけにはいかない。五代が死ぬまで執着した女が『カズコ』だった。彼の身辺には赤堂和子以外に、『カズコ』はいなかった」

池が見え始めた。菖蒲《しょうぶ》池という名だ。池の対岸に大きなホテルが見えた。

水商売らしい女性が、池の縁の道を足早に去って行く。ススキノ辺りで働いている人だろうか。

また一人、黒っぽいスーツに金色のチェーンのついたバッグを提げた女性が、道原たちを追い越して行った。水商売の人たちが勤め先へ向かう時間になっているのだった。

「赤堂和子はクラブを経営している。事業をやっているからには札幌市内に知り合いが何人もいるはずだ。彼女の身辺のことをよく知っている人間をさがし出そう」

二人は菖蒲池を左手に見、右にホテルの玄関を見ながら公園を抜けた。

「クラブ・夕霧」の入っているビルは、ススキノ交叉点《こうさてん》の近くだった。市電がとまって、大勢の人が電車を降りた。交番で、近くに不動産業者の店舗があるかをきいた。

三十半ばの巡査は、不動産屋を三軒教えてくれた。

ススキノは、東京の繁華街とは異なって、大きなビルにバーやクラブが二百軒も三百軒も入っている。日が暮れると、とたんにギラギラした街に変貌する。

不動産屋の事務所に入って、「クラブ・夕霧」のことを尋ねた。ひょっとしたら店舗を斡旋《あっせん》した業者かもしれないからだ。

「あのビルのことなら、この先のS社におききになるとよく分かります」

S社は、そのビルのテナントを主に取扱っているという。

S社は小さなビルの二階にあった。応接室に通された。そこは不動産業というよりも雑貨を扱う問屋のようで、グラス類からコースター、マッチなどの水商売の店が使う備品の見本がずらりと並べてあった。新たに酒場を始める人に、店舗だけでなく備品まで斡旋するらしい。

「『夕霧』さんは、五年前にオープンしました」

五十歳ぐらいの厚いメガネを掛けた男が記録を見て答えた。

なんという人がやっているのかときくと、営業許可は西口玲子《にしぐちれいこ》で、彼女がママになって経営しているが、スポンサーがいるらしいという。

「スポンサーが誰なのかをご存じですか？」

「女性らしいという話をきいたことがありますが、うちでは詳しいことは分かりません」

「店舗を契約するさいには、保証人が必要だったと思いますが？」

「それは仁科利一郎《にしなりいちろう》という人です」

仁科の住所は札幌市内だった。

「『夕霧』は、どんな店ですか？」

「オープン直後に一度行ったことがあります。客としてではなく、のぞいただけです。西口さんがいっていたとおり、高級クラブの雰囲気がありました。ビルのオーナー会社の了解を取って、内装を直したんです。ホステスは十五、六人いると思います。あの店がオープンしたころに、バブルがはじけてススキノもすっかり不景気になってしまいましたが、人間が酒を飲まなくなったわけじゃありませんし、男が遊ばなくなるってことはありません。不景気でも結構お客を入れているところはあるものなんです。景気のいいときでも潰《つぶ》れる店がありますからね、やり方次第なんでしょうね」

「クラブ・夕霧」は、よく客の入っている店の一つだという。

「赤堂和子という女性を知りませんか？」

道原はきいた。

「さあ、きいたことがありませんが、なにをやっている人ですか？」

「五年ほど前まで、ススキノでホステスをしていたんじゃないかと思います」

「何歳の女性ですか？」

「現在四十一です」

「じゃ、ススキノで何年も働いていた人ですね？」

「東京からススキノへきて、約十年です」

「それなら、この人におききになってください。ススキノの水商売の女のコのことならだいたいのことは分かります」

といって、メモ用紙に古池《ふるいけ》という名と地図を描いてくれた。

「古池さんは、スナックやクラブの女のコのスカウトを長年やっていたんです。そのうちに店からも女のコからも信頼され、女のコが店を移りたいときは彼に相談する。店がこういうコを欲しいときは彼に相談する。この街の経営者で彼を知らない人はいないはずです。古池甚八《じんぱち》という名ですが、『甚さん』で通っています。怒らせると一言も喋りませんから、それだけはお気をつけてください。ママをやっている西口玲子さんのことも、甚さんなら知っているでしょう」

どこの盛り場にもそういう男はいるものだ。ヤクザとつながりのある男もいるし、暴力団関係者ではないが、その筋の者が一目置いている人もいる。

地図を頼りに古池の自宅マンションを訪ねた。二十七、八歳に見える女性がドアを開け、出掛けていると答えた。古池は五十半ばだというが、この女性とはどういう間柄なのか。

行き先は分からないかときくと、彼女は道原の素姓をきいた。彼は正直に名乗り、古池に早く会いたいのだといった。

「警察の方ですか……」

彼女はつぶやくと、電話を掛けた。

電話の相手は古池の行き先を教えたらしく、彼女はべつの番号を押した。古池がつかまったようだ。

彼女は、ススキノの交叉点が分かるかときいた。そこだけは分かると道原がいうと、その近くのビルの名と、スナックの名を教えてくれた。古池はいまその店にいるから訪ねるようにというのだった。

いわれた店はすぐに分かった。そのスナックには客はいなかった。男と女がカウンターの中にいて、不景気そうな顔をしていた。

古池は立ち上がって、「どうぞ」と、刑事を手招きした。長い顔の顎《あご》に半白の髭《ひげ》をたくわえている。

事件捜査で、ある人間を訪ねてきたのだが、水商売の世界のことになると、右も左も分からない。不動産屋であなたのことを教えられたのだと、名刺を出して話した。

「そうですか。この街のことでしたら、いくらかお役に立てると思います。なんでもおっしゃってください」

古池は髭を撫《な》でた。

カウンターの中からホステスが出てきて、古池と道原たちを見比べながら、飲み物はなにがいいかときいた。

酒をいただくわけにはいかないと道原がいうと、「コーヒーを淹《い》れましょう」と彼女はいった。マスターらしい男はなにもいわず、ラジオのプロ野球中継をきいている。

「客が入ってきて、うるさくなったら、出ますから」

古池は話してくれと、道原を促した。

「赤堂和子という女性の身辺を調べにきました。彼女は東京のクラブにいましたが、十年ほど前、急に郷里へ帰ったきり、東京へ戻らなくなりました。札幌にいることが分かり、さっき本人に会ってきたところです」

道原は話した。

「赤堂和子……」

古池は首をひねった。

「十年ほど前の写真です」

道原は、塊画堂の瀬木に借りた和子の写真を出して見せた。

「ああ、『カリオカ』にいた『明日美《あすみ》』です。なあ、マスター」

古池は写真を頭の上にかざした。

マスターがカウンターをくぐって出てきた。

「そうです。明日美さんです」

マスターは立ったまま写真をじっと見て、「いい女ですよねえ」といった。

「青森県八戸市生まれの人ですが、間違いないでしょうか?」

道原は古池と、立っているマスターに念を押した。

「十年ぐらい前に東京からきたんでしょ。出身地は知りませんが、明日美に間違いありません。このコが『カリオカ』に入ったときは評判になりました。それまでススキノでは見たことのないコが入ったときいて、私は見に行きました。洋服でも和服でもいい。どこかおっとりしているけど、手を握ってやると、肩を傾けてきて、妖しい目をするんです。美人なのに、ツンとしていない。明日美をモノにしたくて通った男が、何人いるか」

古池は和子の写真を持って離さなかった。

「『カリオカ』という店をやめたのは、いつですか?」

「五年ぐらいになります。明日美が店をやめたってきいたので、どこへ移ったのか

『カリオカ』のマネージャーにきいたら、どこへ移るともいわずにやめたということでした。札幌にはいるらしいときいたことがありますが、クラブで働いてはいないようです」

「彼女は現在、中島公園に住んでいますよ」

道原がいった。

「なにをやっているっていってましたか？」

夜の街に通じている古池でも、和子の近況には通じていないようだ。

「この先のビルに、『クラブ・夕霧』という店がありますね」

「ええ。前に『芙蓉《ふよう》』という店にいたコがやっています」

「西口玲子さんですね？」

「刑事さんは知っていましたか」

「玲子さんは知りませんが、さっき、赤堂和子さんにきいたんです」

「その和子さんが、『クラブ・夕霧』に関係があるんですか？」

「経営者だそうです」

「経営者……」

古池は口を開けたが、拳《こぶし》を膝《ひざ》に打ちつけ、「分かりました。それで謎《なぞ》が解けました」といった。

「謎が？」

「いやね。玲子が独立したってきいたんで、びっくりしたんです。前の店の内装を取り換えたんですからね。玲子にそんな金があったとは思えません。それで、男がつき、その人に金を出させたものと見たんです。玲子もなかなかいい女ですが、スポンサーが誰かっていう噂《うわさ》が出てこない。あれだけのクラブを女に開店させたら、男の名が出てくるものなんですよ。玲子の男って、いったい誰なのかって、さぐってみたくなったことがありました。……明日美がスポンサーだったんですか。驚きましたね。それにしても、明日美は金を持っていたものですね。彼女の背後に金を出す男がいるんじゃないですか？」

道原は首を傾げて見せた。

「そうでしょうか？」

「クラブ・夕霧」の店舗を契約するさいの保証人は住所が札幌市内の仁科利一郎という人である。道原はその人の名前は出さなかった。あした当たってみればはっきりすると思ったからだ。

古池の話で、西口玲子の略歴が分かった。

彼女は札幌市の隣の石狩《いしかり》町の出身で、高校を出たあと、札幌市内の企業に勤めていたが、二十二、三歳のとき、水商売に転じた。ホステスが三、四人いるススキノのスナックで働いているところを、古池がスカウトした。「クラブ・芙蓉」から、「若くてきれいなコを四、五人頼む」といわれ、かつて目をつけておいたコに当たった。その一人が玲子だった。彼女は「クラブ・芙蓉」の売れっコになったが、五年前、急に店を始めるといってやめた。どんな店を出す気かと、彼女を知っている人たちは関心を持っていたのだった。

5

五年ほど前まで和子が明日美の名で働いていた「カリオカ」を訪ね、マネージャーを呼び出して、あした、じっくりききたい話があるが、何時ごろなら都合がよいかをきいた。

マネージャーは五十歳ぐらいだった。この店に二十年勤めているという。

「お昼ちょっと過ぎに、グランドホテルのラウンジでいかがでしょうか?」

黒いスーツのマネージャーは手を揉《も》んだ。

ききたいのは、明日美のことだ、とだけいって別れた。

当然のことだが、マネージャーは明日美の本名が赤堂和子であるのを知っていた。

夜が更《ふ》けると、とても五月中旬とは思えないくらい風が冷たくなった。

伏見は、真夜中になるまで待って、西口玲子をつかまえ、和子のことをきいたらどうかといった。が、玲子に当たったら、口止めしても和子に筒抜けになりそうだ。彼女に会うのは「カリオカ」のマネージャーの話をきいたうえにしようと、道原は伏見のはやる気持ちを抑えるようにいった。

「クラブ・夕霧」の入っているビルの前を通った。どんな店なのかのぞいてみたい誘惑にかられた。それから、店にはめったに出ないという和子がなにをしているのかも知りたかった。

営業許可を西口玲子に取らせ、いかにも彼女が経営者のごとく見せ、じつは和子が資金を出しているようだ。彼女はどうやってそんな大金を稼いだのか。東京のクラブにいたときためたといっても、一億円以上もの金をたくわえることが可能だったのか。古池がいったように、和子の背後には資力のある男がついているのだろうか。

深夜のススキノは原色の強い光に包まれ、ざわめきと匂《にお》いは永遠に消えないような孤島と化していた。

「カリオカ」のマネージャーは、昼の零時半にグランドホテルのラウンジに現われた。濃いグリーンのブルゾンを着た彼は、昨夜とは別人のように温和に見えた。

「六本木のクラブにいたとき、和子さんはいい客を何人も持っていたようです。それなのになぜやめて、ススキノへ移ったんでしょうね？」

道原は、色白のマネージャーにきいた。

「ずっとあとのことを考えると、ススキノへきたとき、自分の店を持つ計画があったんじゃないでしょうか。うちの店へ入って三、四か月たったころから、ほかのホステスとは違うなと、私は見ていました」

和子は「カリオカ」では「明日美」と名乗っていた。「和子」というホステスがいたので、べつの名にしてくれというと、自分で名をつけたという。

「どんなふうに違っていましたか？」

「たとえば、ほかのボックスで飲んでいる客とトイレで会ったりすると、おしぼりを持って、客が出てくるのを待っているんです。それから、初めて会う客には、かならず名刺を渡していました」

「その客と親しいホステスからは恨まれませんか？」

「恨んでいるコは何人もいました。しかし、明日美さんを見たたいていの客は、彼女と話したいとか、飲みたいといい出します。ですから、うちの店にいるあいだ彼女は、ほとんど毎晩、同伴出勤でしたね」

「札幌へきてからできた客ですか？」

「東京から出張なんかできた人もいました」

「推定で、何人ぐらい客を持っていましたか？」

「百人は下らないでしょうね。三日間、つづけて同伴した客もいました」

「『カリオカ』へは、誰かの紹介で入ったんですか？」

「新聞の募集広告です。面接のとき、大きな店で働きたかったといっていました」

「おたくは大きいんですね？」

「常時ホステスが三十人は出ています」

「東京からきた客は、彼女が銀座や六本木のクラブにいたときの客だったでしょうね？」

「そうだと思います」

それなら、銀座の「クラブ・花紋」や、六本木の「クラブ・桐子」で、和子がススキノにいるという噂が客の口から出そうなものだが、ここ十年間の彼女の正確な消息は知られていなかった。なぜだろうか。

「客に口どめしていたんじゃないでしょうか。それとも……」

マネージャーは赤いパッケージのタバコを出して、火をつけた。

「それとも？」

「客と親しくして、ススキノにいることは東京で喋らせないようにしていたんじゃないでしょうか？」

彼のいう「親しくして」というのは、男女関係を指しているのだった。

「なぜ、ススキノにいることを、東京の人たちに知らせなかったんでしょうか?」

「男同士がヤキモチを焼き、折角の関係が崩れてしまうからだと思います。東京からくるこれぞという男には、『絶対にわたしたちの関係は分からないようにして』といっておけば、男は、自分だけの女だと思って、黙っているし、無理をしてでも札幌へ飛んでくるんじゃないでしょうか」

「当時、東京からくる客は何人ぐらいいましたか?」

「十人ぐらいだったと思います」

「職業をご存じですか?」

「名刺を交換したことはありませんが、私が見るに、中小企業経営者だったでしょうね」

和子が「カリオカ」をやめると、その客は一人もこなくなったという。

「おたくの店をやめるとき、彼女は独立することを打ち明けましたか?」

「いずれなにか商売をやりたいというようなことをいっていましたが、疲れたのでしばらく休みたいというのが理由でした。私は、飲み屋を始めるに違いないとにらんでいました。なにしろ百人からのしっかりした客を持っていたんですから」

「クラブ・夕霧」がオープンしたとき、その経営者が和子だと、すぐに分かったのかと道原はきいた。

「それが、私の耳に入ったのが、いまから二年ぐらい前でした。あの店がオープンして三年ぐらいたってからのことです。この業界にはいくつか組合がありますが、それの名義人はママの西口玲子さんとなっていますし、玲子さんも明日美さんの名を出したことがありませんでしたからね」

和子は陰の経営者というわけだ。彼女はなぜ表面に出ないのか。

「クラブ・夕霧」を開くには一億円以上の資金が必要だったと推測されている。その資金を和子が持っていたと思うかと、道原はきいた。

「こんな噂をきいたことがあります。明日美さんは、美術館が欲しがるほどの絵画をいくつも持っているそうです。どうやって手に入れたのか知りませんが。……その絵を担保にして、競走馬を育てる牧場をやっている人から、まとまった金を借りたということです」

「ほう」

道原はとぼけて見せた。借金の担保になる絵といったら由良公造の作品だろう。美術館が欲しがるような絵というのは「爆裂火口」のことではないのか。それを担保にして金を引き出したという話はうなずける。和子は、その絵画を自宅に置いている。牧場経営者に担保物件として渡さず、借金の借用証を差し出して、物件は保管しているということなのか。金を貸せる人がそういうことをするだろうか。

「彼女に融資した人をご存じですか？」

「日高《ひだか》の人とはきいていますが。……玲子さんなら知っているんじゃないでしょうか」

マネージャーは西口玲子の自宅の電話番号を知っていた。住所は宮ノ森の高級住宅街にあるマンションだという。

道原は、玲子には会うつもりでいる。夜中に店のハネるのを待って会おうと思っていたが、昼間のうちに連絡をつけられそうだ。

「玲子さんがママでやっている『クラブ・夕霧』に、和子さんはたまには顔を出すそうですね？」

道原はきいた。

「彼女の客がいますからね。客と夕飯を一緒に食べ、そのあと店へ連れて行くんです。この不況にもかかわらず、結構、客は入っているようです」

道原は、五代和平という名に記憶があるかときいてみた。

マネージャーは覚えがないというふうに首を傾げた。

五代の写真を見せた。

「ああ、この人なら覚えています。うちの店へ何度かきたことがあります」

「間違いないですか？」

「客の顔は忘れません。それが商売ですから」

道原は、しめたと、肚《はら》の中でつぶやいた。

和子が明日美の名で「カリオカ」にいるころ、五代は彼女を伴って飲みにきたという。彼女は「カリオカ」に約五年間いた。五代はいつごろからくるようになったのかをきくと、「彼女の東京の客では、一番早くきたんじゃなかったでしょうか」

「この人のどんなところを覚えていますか？」

「朗らかな人でした。大きな声で話し、冗談をいってはホステスを笑わせていました。いつも遅くまでいて、店が終ると、明日美さんと一緒に若いホステスを何人か連れて、食事に行っていました」

五代と一緒に食事に行ったことのあるホステスを覚えているかときくと、二人はいまも「カリオカ」にいるという。

その二人に会いたいというと、マネージャーは小さなノートを見て電話を掛けた。一人がつかまった。三十分ぐらいでホテルへこられるという。

道原は、もう一人の男の写真をマネージャーの前へ置いた。

「この人も、うちの店へきました。やはり明日美さんの客でした」

といって、角張った顔をした男の写真を手に取り、じっと見つめた。

七章　炎の奈落

1

「カリオカ」のマネージャーが手に取ってじっと見つめているのは、富塚信三の写真である。

富塚は去年の十月、松本市の大信州ホテルへ偽名で泊まった五代和平によって殺され、遺体をバラバラに切断され、上高地の六百沢の山林に埋められたのだった。

東京・六本木の「クラブ・桐子」で働いていた赤堂和子は、十年前に郷里の八戸《はちのへ》市へ帰るといってやめたが、すぐに札幌市ススキノのクラブ「カリオカ」で働き始めた。

その店に約五年間いて、同じススキノでクラブを開店した。だが彼女は、一切表面に出ず、べつのクラブでホステスとして働いていた西口玲子を引き抜いて、自分の経営する「クラブ・夕霧」のママに据えた。

なぜ和子は表面に出ないのか。それには深い理由があるようだ。

五代和平は、今年のこどもの日の深夜、新宿・歌舞伎《かぶき》町の工事現場で頭を殴られ、それがもとで死亡した。死にぎわに、「カズコ」という名を繰り返し口にした。これだけは伝えておきたいというように、警官にも医師にも繰り返した。

警視庁新宿署の了解のもとに、道原と伏見は、「カズコ」をさがして歩き回った。その「カズコ」は赤堂和子に違いないということになり、札幌市の自宅に彼女を訪ねたが、「五代さんは知っているが、もう十年も会っていない」と答えた。彼が殺された事件すら知らなかった、と彼女は平然と答えた。

だがその嘘《うそ》は、次の日にバレた。五代は札幌へ移った和子をちょくちょく訪ねていたのだった。彼女のいる「カリオカ」へきて、豪勢な飲み方をし、店がハネるとホステスを何人か連れて、べつの店へ飲み食いに行っていたことが、マネージャーに記憶されていた。それを確認するため、五代を覚えていると思われるホステスを、マネージャーに呼んでもらった。

ホテルのラウンジにやってきたのは、涼子《りょうこ》という顔の小さい二十七、八歳の女性だった。

並んでいる二人の男が刑事と知って、涼子は表情を緊張させた。

「ヘンなコでしてね、コーヒーとか紅茶を飲まないいんですよ」

マネージャーはいって、涼子にはビールを取った。

「五代和平さんを覚えていますか？」

道原が小さな丸顔にきいた。

「五代さん？」

「この人です」

道原は写真を彼女に向けた。

「ああ、覚えています。明日美さんのお客さんでした」

涼子の一言で和子の嘘がバレた。札幌にきてから五代に会っていたといってはまずい理由が、彼女にはあるのだろう。

「五代さんは『カリオカ』へ、いつごろまできていましたか？」

道原は涼子にきいた。

「明日美さんがやめると、こなくなりました」

「こなくなったのは、五年ぐらい前ですね？」

「はい」

涼子は、マネージャーが注いだビールを飲んだ。

マネージャーはまた富塚の写真をテーブルから摘《つま》み上げ、涼子に覚えているだろうというふうに見せた。

「覚えています。この人は五代さんほどではなかったけど、『カリオカ』へ何回か見えたことがあります。やはり、明日美さんがやめたらこなくなりました」

次に深堀志朗の写真を二人に見せた。昨年六月、北アルプスに登るといって自宅を出たが、行方不明になった。約一か月後、北アルプスの一ノ俣谷《いちのまた》で遺体で発見された。この遭難にも幾多の疑問がある。

「うちの店にきたことはありませんが、見たことがあるような気がします」

マネージャーが答えた。

これは重要な証言だ。どこで見たか思い出してくれと道原はいった。

涼子も深堀の写真を手に取った。

「この人、明日美さんの知り合いです」

彼女はいった。

「どこかで会ったことがあるんですね？」

「お店が終ってから、お客さんとご飯を食べに行ったら、その店で明日美さんと一緒にいました」

「それはいつごろですか？」

「去年じゃなかったかしら……」

「去年？」

「明日美さんが『カリオカ』をやめてから初めて会いました。そうです、寒いころでした。彼女、すごく高そうな白いコートを着ていました」

「そのとき、あなたは明日美さんと、話をしましたか?」

「しばらくですって、挨拶《あいさつ》しました。明日美さんはわたしに、『いまもカリオカに』ってききました」

「あなたはこの男をどのぐらいの間、見ていましたか?」

「一時間はいたと思います」

道原は、深堀の妻から借りてきたべつの写真を見せた。茶色の上着に赤いネクタイを締めたカラー写真である。

「間違いありません。この人です、明日美さんと食事していたのは。……この人、お酒を飲みながら、わたしのほうをちらちらと何回も見ました。明日美さんと一緒なのに、嫌な感じって思ったのも覚えています」

「明日美さんとこの男は、親しそうでしたか?」

「向かい合っていましたけど、恋人同士っていう感じじゃなかったです」

「去年の寒いころといったら、一月か二月だと思いますが?」

道原は涼子の記憶を確かめるためにきいた。

「そうです。雪まつりが終ったあとだったと思います。……マネージャー覚えているでしょ、H電力のパーティーのあった日？」

「ああ、二月の半ばだった」

「あの日、パーティーの流れでH電力の人が十何人かお店へきたでしょ。わたしは、最後まで残っていた二人とご飯食べに行ったの。そのときなの、明日美さんに会ったのは」

涼子がいうとマネージャーはうなずいた。

酒場がハネてから客とホステスが食事に行く店はたいてい決まっているのだと、マネージャーが涼子の話を補足するようにいった。「さっぽろ雪まつり」は二月上旬の一週間だ。涼子の話は信用できると思った。

東京の銀座と六本木のクラブで働いていた赤堂和子は、十年前にススキノへきてやはりホステスをしていた。彼女は東京で知り合って親しくなった男たちにススキノのクラブにいるのを知らせた。そのうちの三人、五代和平、富塚信三、深堀志朗は、彼女を追うようにしてススキノへきていた。彼女とは、客とホステスという関係だけだったかどうかははっきりしない。

しかし、その三人はいずれも死亡した。それも病死などではない。まず深堀は北アルプスで遭難死した。六月の増水期に、登り下り不可能な谷に入って死んでいた。次に富塚だ。彼は松本市のホテルで五代の手によって殺され、バラバラにされて上高地の山林に埋められていた。五代が富塚をなぜ殺したのかは分かっていない。その五代は今年のこどもの日の深更、新宿・歌舞伎町で何者かに頭を殴られたのがもとで死亡した。

一人の女性を取り巻く三人の男が、いずれも無残な死に方をしたのだ。こんな偶然があるだろうか。

2

「クラブ・夕霧」のママ・西口玲子は、札幌市の高級住宅街宮ノ森の円形のマンションに住んでいた。

ドアを開けた彼女に、長野県警の者だと道原がいうと、彼女は一歩退いて、用件はなにかときいた。黒いセーターに長いスカートをはいている彼女は面長だった。三十九歳だというが、いくつか若く見えた。どういう服装をしても水商売を隠せない雰囲気が出ていた。

道原は、赤堂和子のことをききたいといった。彼女はなにを思ってか、奥を振り返ってから、

「せまいところですが、どうぞお上がりください」

といった。

三和土《たたき》には踵《かかと》の低い女性用の靴が一足あるきりだし、部屋には彼女のほかに誰もいないようだった。一ＬＤＫという間取りに見えた。リビングには毛足の長い絨毯《じゅうたん》が敷いてあり、中央に矩形《くけい》の白い座卓があった。

彼女は食器を片づけた。思いがけない刑事の訪問に気が動転しているのか、絨毯の上に皿を一枚取り落とした。

彼女は長い髪を後ろでまとめると、テーブルの向こうにすわった。

道原は、見てもらいたいものがあるといった。彼女は怯《おび》えるような目で、バッグを開ける伏見の手元を見ていた。

伏見が、三人の男の写真を彼女に向けて並べた。

「よく知っている人たちだと思いますが」

道原は彼女の目をにらんできいた。

「この方は、うちのお客さんでした」

玲子は細くて長い眉《まゆ》を動かした。

「名前をいってください」

「五代さんという方です」

「あなたがママをしている『夕霧』へきたことがあるんですね？」

「はい」

「何回ぐらい？」

「年に五、六回だったと思います」

「では少なくとも二十回はきていますね？」

「そのぐらいは……」

「東京の人ですが、どういう縁で？」

「和子さんの古くからのお知り合いです」

「五代さんは、今月の初め亡くなりましたが、ご存じですね？」

「新聞で見ました」

　玲子は胸に手を当てた。

「そのことで、和子さんと話したことは？」

「あります。和子さんもびっくりしていました」

「それなのに、彼女は、五代さんとは東京を離れて以来会っていないといいました」

「和子さんに、お会いになったんですか？」

「きのう、中島公園の住まいで会いました」

「東京以来会っていないなんて……。和子さんが『カリオカ』にいるころも、五代さんはよく見えたということです。『夕霧』に初めてお見えになったとき、和子さんから、『大事なお客さまですから』と紹介されました」

「なぜ私たちにそれを隠したんでしょうね？」

「分かりません」

「和子さんと五代さんは、どんな間柄でしたか？」

「親しい方だと思いました」

「男女関係があったと解釈していいですね？」

「はい」

「もっと具体的に話してください。あなたにとっても重要なことですから」

玲子はすわり直すように膝《ひざ》を動かした。

「札幌駅の並びにセンチュリーというホテルがあります。五代さんはいつもそこへお泊まりになっていました。五代さんが見えると和子さんもそこに泊まりました。あのう、わたしが申し上げることで、和子さんにご迷惑がかかるようなことは？」

「それはしかたないでしょう。彼女は大事なことを隠したのです」

「刑事さんは、五代さんの事件を調べていらっしゃるのですね？」

「そうです。彼はいろいろな事件に関係しています。あなたを不利にするようなことはありません。知っていることを正直に話してください」

彼女はわずかにうなずいた。

「『夕霧』のオーナーは、和子さんですね？」

「はい。わたしはママというだけで、経営者ではありません」

「和子さんは、水商売の経験が豊富なのに、なぜ表面に出ないのですか？」

「事業経営に徹するので、あの店はわたしに任せるといわれました」

「ほかに事業は？」

「あの店以外のことは知りません」

「『夕霧』を開店するについては、一億円以上の資金が必要だったのではないかといわれています。和子さんはその資金をどうやって調達したのでしょうか？」

「半分ぐらいは和子さんの自己資金だったと思います」

「あとの半分は？」

道原はきいたが、玲子の口元は和子の秘密に関する部分と判断してか、いいよどんでいた。

「和子さんと親しい人に、日高の牧場経営者がいますが、その人の名を教えてくれませんか？」

玲子は顔を上げるとまばたきをした。刑事が和子に関する身辺データをある程度集めていると思ったらしい。

牧場経営者は滝《たき》といって、有名な競走馬を何頭も育てたことで知られている。滝は東京・六本木で和子を知り、「カリオカ」へもきていた。和子は所有している絵画を担保にして、滝から金を借り、自己資金と併せて開店資金にしたと友人からきいていると玲子は答えた。

「あなたは開店当初からママをやっているから、『夕霧』が儲《もう》かっているかどうかの判断はついているでしょう。借りた金を返済できるくらいの利益が出ていますか？」

「滝さんから五千万円借りたといっていました。それの半分ぐらいは返済しているのではないでしょうか」

彼女は、想像だが、と断わった。

「『夕霧』の店舗を借りるさい、仁科利一郎という人が保証人になっています。その人のことも知っていますね？」

「札幌市内でレジャー施設を経営していた方です」

「現在は？」

「一昨年《おととし》、定山渓《じょうざんけい》へ向かう途中、ご自分が運転していた車の事故でお亡くなりになりました」

「事故死……。何歳でしたか？」

「五十代半ばだったと思います」

「市内では名前を知られていた人ですか？」

「和子さんのように、表面には名前を出さない方でした。昔、お父さんが留萌《るもい》で炭鉱をやっていたときいています」

広く名を知られた人でなかったから、不動産会社は「夕霧」の店舗を契約したさいの保証人が死亡したのを知らずにいるのだろう。

道原は、仁科が関係していた会社の所在地をきいた。

「和子さんと仁科さんの関係は、どんなでしたか？」

玲子はまた目に変化を見せ、

「仁科さんが亡くなられた日、和子さんは定山渓のホテルで彼を待っていたんです」

といい、これも自分からきいたといわないでもらいたいと念を押した。

赤堂和子は、いったい何人の男と深い関係を持っていたのか。

「あなたは和子さんの住まいへ行ったことがあるでしょうね？」

「それは何回も……」

「彼女が持っている絵を見たことがありますか？」

「あります」

「それは、どんな絵でしたか？」

「花びんに活けたバラの花の絵と、雪のある山の絵と、それから、有名な山だそうですが、その山腹に火が燃えているような、気味の悪い感じの絵です。そのほかにも何点かあるといっていました」

玲子が気味の悪い感じといったのは、由良公造が描いた「爆裂火口」のことだろう。銀座の画商が欲しがった作品だ。画家はその絵を和子に与えている。彼女が滝という牧場経営者から借金するさい、絵を担保にしたというが、それが「爆裂火口」だったのではないか。しかし、滝という男はその絵に対して数千万円を融資しただろうか。

玲子は、滝が札幌市内に設けている事務所の所在地を知っていた。そこは、きょう、「カリオカ」のマネージャーと涼子というホステスに会ったグランドホテル内だった。

西口玲子の住まいを出ると、

「和子の関係者がもう一人死んでいましたね」

と伏見がいった。

仁科利一郎のことである。

「これで四人か。全員男だ」

札幌南警察署へ行くことにした。定山渓地区の所轄である。

3

札幌南署の交通課できくと、仁科利一郎＝当時五十四歳＝の死亡事故発生は、一昨年の九月二十日、午後四時四十分ごろだった。仁科は国道二三〇号を自分のベンツを運転して定山渓のホテルに向かっていた。このことは彼の秘書新村《にいむら》が証言している。道路にはハンドルを急に左に切ったタイヤ痕が残っていた。彼の車の後方約二〇〇メートルを走行中の車の運転手の目撃証言によると、対向車が急に右に寄った。仁科はこれをよけるためにハンドルを切ったが、そのままガードレールに激突し、それを乗り越えて谷に転落したということだった。対向車を運転していたのは男ということしか分かっていない。同署では制限以上のスピードを出していたため、ハンドル操作をあやまったものとみて処理したという。

道原と伏見は、仁科の資金によって運営されているレジャー施設会社で、彼の秘書をしていた新村に会った。四十代半ばの背のすらりとしたメガネの男だった。彼は仁科を「オーナー」と呼んだ。

「あの日、オーナーは、定山渓温泉の渓水館《けいすいかん》へ向かっていました」

「渓水館には女性が待っていましたね？」

道原がいうと、新村はメガネの奥の目を丸くした。刑事がある程度下調べをしてきたものとみたようだ。

ホテルに待っていたのは赤堂和子という女性だが、知っているかときいた。

「オーナーと親しかった人です」

「あなたは、赤堂さんに会ったことがありますか？」

「何回もあります」

「では、彼女の職業もご存じでしたね？」

「ススキノでクラブを経営していますが、私は画商と伺っておりました」

「画商……」

　これは意外だった。

　職業がはっきりしていないと人に信用されない。それで和子は画商を名乗っていたのではないか。彼女が売るほど絵画を所有していたとは思えない。これをかつて彼女に惚《ほ》れていた老画家の由良公造や画商の瀬木が知ったらなんというか。

　新村は、仁科が「夕霧」の店舗を借りるさいの保証人になっていることも知っていた。和子がクラブを開くについて、仁科はすすんで印をついたようだという。それだけではない。和子に泣きつかれて開店資金として五千万円融通した。

「赤堂さんは返済しましたか？」

「保険金で相殺《そうさい》しました」

「保険金というと、仁科さんの？」

「オーナーが赤堂さんのためにしたのでしょうが、彼女を受取人にして五千万円の生命保険を掛けていました。保険料はオーナーが払っていました」

仁科の死亡によって和子は五千万円を受け取った。仁科の貸金はそっくり、彼の死後戻ってきたというわけだ。新村は、仁科の資産管理を受け持っていたので、そのへんの事情には詳しいと語った。

道原の目は宙を泳いだ。仁科の死亡ははたして事故だったかという思いがよぎったのである。

定山渓のホテルに向かう仁科の車に対向車が寄ってきた。あわてた仁科はハンドルを左に切ったが、立て直すことができずにガードレールに激突したという。それが気にならないかと新村にいうと、疑問がないではないが、警察も保険会社も事故を調べた結果、仁科のハンドル操作のあやまりということになったのだからと、メガネの顔を斜めにした。

「新村さんは、最近、赤堂さんに会っていますか?」

「半年ぐらい会っていません。もう彼女に会う用事もないものですから」

「彼女に対してどういう印象を持っていますか?」

「最初に会ったのは、彼女が明日美という名で『カリオカ』にいたときです。オーナーのお伴で行って会いました。オーナーでなくても手に入れたくなるような魅力を感じました。ですが、『夕霧』を始めた直後から、以前のような優しさがなくなってきました。目つきも変わってきて、女性の魅力が失われました。オーナーは彼女のそのへんを、『事業家になった』といっていましたが、私には……」

そうは思えないというのか、首を横に振った。

赤堂和子は仁科の目を、美貌《びぼう》という女の武器を使って濁らせたのではないか。


道原にはもう一人会いたい男がいた。有名競走馬を育てることで知られた日高の牧場経営者・滝である。

グランドホテル内にある事務所へ滝に会いに行った。ドアを開けると、やや小柄だがスタイルのいい若い女性が椅子《いす》を立った。

「滝は席をはずしておりますが、お急ぎのご用でしたら、連絡を取りますが」

と、丸い目を細めた。よく訓練されている言葉遣いと態度だった。

「できたらすぐにお会いしたい」

道原はいった。

彼女は黒いデスクの電話を取った。短い会話が終った。

滝は十分ほどで事務所に戻るという。

滝という男は、日高に牧場を持ちながら札幌市のど真ん中のホテルに事務所を構えている。事業展開上必要があるからだろうが、道原は興味を持たずにはいられなかった。

滝はグレーのシャツに黒のジャケット姿で現われた。身長一七〇センチの道原よりも小柄に見えた。五十代後半といった年恰好《としかっこう》だ。頰《ほお》は陽焼けしている。事業家というよりも、登山家か野外を駆け回る写真家といった気配があった。

彼は二人の刑事を応接室へ通した。壁にはサラブレッドの写真が額に入って並んでいた。彼の牧場が生んだ馬だろう。

道原は競馬をやらない。名馬のことは新聞で読んだくらいで、専門家とは話ができなかった。

早速、用件を切り出した。赤堂和子のことだというと、

「触れられたくないことがお耳に入ったようですね」

と頭に手をやって笑った。

滝は、「白状しますよ」といって話し始めた。

東京・六本木のクラブで和子を初めて目にしたとき、彼女の美しさと妖《あや》しさに惹《ひ》きつけられ、何度かその店へ通った。

「クラブ・桐子」のことだろう。彼女とは二度食事をともにした。二回目の食事のときだった。近いうちに店をやめるつもりだと彼女はいった。結婚するのではないかと滝は勘繰った。彼女は、ススキノへ移るつもりだが、このことは店には内緒にしてもらいたいと甘える目をした。

「あとになって思い返してみると、そのころすでに、自分の店を持つことを計画していたようです」

滝はいった。

和子は、八戸市に一人で暮している母の病状が思わしくないといって帰郷したが、それは口実で、すぐに「カリオカ」で働くことを決めたようだった。

「カリオカ」へ移ったことを滝にはすぐに知らせてきた。彼女は滝の事業と業績を摑《つか》んでいたらしかった。

彼は「カリオカ」へちょくちょく行くようになった。札幌に事務所を設けたのは、彼女がススキノにきて三年ぐらいしてからだった。そのころに彼女とは男女の関係ができたという。

自分で店を経営したいが、資金を援助してもらえないかといったのは、彼女がススキノへきて五年たったときだった。

「私は、一千万円ぐらいならなんとかしなくてはと思っていたんですが、彼女のほうから、担保物件を差し出すから五千万円貸してくれないかといい出しました。物件はなにかときくと、油絵だというんです」

「由良公造氏の山を描いた絵ですね？」

道原はいった。

「彼女と一緒になりたいとさえ思い込んだ画伯が、プレゼントしたものです」

「えっ。もらったものだったんですか？」

「赤堂さんは、買ったといったんですか？」

「展覧会を見て気に入り、画商に頼んで苦労して手に入れたといっていました」

「絵を気に入りましたか？」

「なにかこう迫ってくるものがあるし、赤い炎の口に吸い寄せられるような、妙な気分になる絵です。絵をいくら気に入っても、五千万となると慎重に考えなくてはなりません。それで目利きを連れて、その絵を見てもらいました」

「評価はいかがでした？」

「由良さんが亡くなるか、一度誰かに買われたものなら五千万円の値はつくだろうといわれました。それをきいて、私は彼女に融通することにしました」

「絵と引き替えにですね？」

「勿論《もちろん》です。しばらくこの部屋へ飾っていたものです」

「ところが彼女は、その絵を自宅に置いていますが？」

「金を返して、引き取ったんです」

「五千万円？」

「ご存じでしたか」

「はい。ここへ持ってきました。店が儲かったのかときくと、『いいときに店を出すことができて、助かりました』といいました」

「返済したのは、いつですか？」

「去年の十一月だったと思いますが、正確なことが必要でしょうから」

滝はいうと秘書を呼んだ。

さっきの若い女性が入ってきた。

滝は小さな声でなにかを調べてくれと指示した。

いったん退《さ》がった彼女は、黒いノートを持ってくると、栞《しおり》をはさんだところを開けた。

和子が五千万円の小切手を持参したのは、やはり去年の十一月だったという。

「彼女は、利息はどのぐらいにしてもらえるかといいましたが、元金だけで結構と私はいいました」

「赤堂さんは、お金のことになると事務的なんですね？」

道原は、滝の肚《はら》の中をさぐる目つきをして見せた。

「いや。私との関係は切れていたんです。正直に申し上げますと、私は彼女が恐くなっていました」

「恐くなった、とおっしゃいますと？」

「刑事さんはもうお調べかと思いますが、彼女は仁科という男とも、東京にいた当時知り合っていた何人かの男とも、関係を持っていることが分かりました。一昨年の夏、私の身近にいる者が札幌のセンチュリーホテルで、男と朝食を食べている彼女を見かけて、私に注意しました。『あの女性には深入りしないほうが賢明だ』と。その忠告を受けた直後、仁科さんが交通事故で死にました。私は気味が悪くなって、彼女と会わなくなりました。会って食事しても、仕事を理由に別れました。彼女も私の心を読んだようでした。地元で男と泊まったところを知っている者に見られるなんて、どこか感覚が麻痺《まひ》しているんですね。車で三、四十分も走れば、人目につかない場所はいくらでもあるのに……」

「滝さんは、仁科さんの事故死に疑問をお持ちなんですね？」

「事故には違いないでしょうが、胸騒ぎがしました」

仁科が事故死する前から、和子の身辺には得体の知れない男がいるという情報があった。だから滝は彼女との関係を断ち切る時期を考えていたという。

どうやら滝は、自分の安全を守るため、和子の身辺を嗅《か》いでいたようだ。彼女に対して疑心を抱き始めていた証拠だろう。だが、得体の知れない男たちがいるというだけで、その正体までは明らかにならなかったという。

道原は、和子の身辺を調べたさい、不審を抱いた人間の一人でも教えてもらえないかと粘った。

「私からの情報ということは、伏せていただけますね？」

「秘密は守ります」

それではといって滝は、執務机の引き出しに鍵《かぎ》を差し込んだ。出した物は薄いポケットノートだった。

「身元の分かったのは二人の男です」

といってメモを読んだ。

一人はなんと富塚信三だった。住所は東京都中野区江古田で、勤務先の清村美装まで調べていた。去年の十月、松本市内のホテルで、偽名を使って宿泊した五代和平に殺され、バラバラにされて上高地の山林に埋められていた男である。

もう一人は代々木稔《よよぎみのる》といって、滝が調べた一昨年当時三十四歳。住所は東京都杉並区天沼だった。職業は珍味販売業で、その店舗は阿佐ケ谷駅の近くにあり、妻と若い女性従業員の三人でやっている。

富塚と代々木は、それぞれ札幌市内で和子と会った。そこを滝が使った人間＝たぶん私立探偵だろう＝が尾行し、住所と職業を突きとめたのだ。

二人の男は、なんの用事で札幌までやってきて、和子に会ったかは分かっていない。

道原は新宿署の川島刑事に連絡し、代々木稔の素姓を調べてもらいたいといった。

これの回答は、翌朝、道原たちの泊まっているホテルへ入った。

代々木には、詐欺と傷害の前歴があった。彼は十八歳から三十一歳まで、新宿と渋谷で酒場勤めをしていた。五年前、阿佐谷に現在の珍味販売の店を出した。新宿、渋谷、六本木などの酒場を得意先にしている。一年前に彼の店をやめた女性従業員の話によると、代々木は何回か北海道へ行ったという。商品の仕入れという名目の旅行だが、わざわざ出掛けるほどの量を仕入れてはいなかった。商店はそう儲かってはいないのに、彼の金回りはよさそうなので、なにかべつの仕事をしていると彼女はにらみ、不安と疑惑を抱いたから退職したと語ったという。

川島は代々木に、赤堂和子を知っているかときくために昨夜、珍味店を訪ねた。店には妻がいて、夫は北海道へ出張中と答えた。したがって札幌へ行っていることが考えられるといった。

それをきいて道原と伏見は、札幌中央署に連絡し、和子の外出を自宅の近くで張り込むことにした。

4

彼女が中島公園のマンションを出てきたのは、午前十一時過ぎだった。藤《ふじ》色のジャケットに黒いスカートで、黒のバッグを提げていた。五月の光を背中に受け、自分の黒い影を踏むようにして公園を横切った。歩いて行くところをみると、目的地は近そうだった。

十分ほど歩いた彼女は、高層のサンアートホテルに入った。薄緑色の制服のボーイが頭を下げた。

中央署の刑事がホテル内に入って、彼女がラウンジで男と向かい合ったことを確認してきた。男は三十半ばだという。代々木稔の年齢に合っている。

約一時間後、彼女と男がホテル内のレストランへ移ったことが分かった。

「たいへんな美人ですね」

和子を見てきた中央署の刑事はいった。

彼女はこれまで、自分の美貌を活かして何人の男を吸い寄せてきたか。クラブで働いているあいだにいい寄ってきた画家の一人に、その人の代表作と評価された絵をプレゼントさせた。その絵を担保にして、滝に金を出させ、もう一人の仁科からは自分のからだを提供して高額を出させて、高級クラブを開いたのだ。和子にとって持って生まれた美貌は資本である。四十歳という曲がり角を過ぎ、さすがに二十代、三十代のときのような肌の艶《つや》と張りは失われただろう。それを一番よく知っているのは彼女自身のはずだ。

身辺にいた五代も、富塚も、深堀も、そして仁科も死んだ。四人は、彼女のために働いた男だったのではないか。

充分の資力があり、将来役に立ってもらえると見込んでいた滝は、彼女の正体に疑心を抱いて退いた。

そこで彼女は、自分のために一肌脱いでくれそうな男を渉猟《しょうりょう》しているのではないか。狙《ねら》いをつけたその一人が代々木ではないのか。だが彼は過去に傷を持っている。それを彼女は知っているだろうか。知っているとしたら、彼女の魔力もかげりをみせたように思われる。

午後一時半、和子と一緒に食事をしていた男が一人でホテルを出てきた。コーヒー色のブランド品のボストンバッグを提げていた。

その男はホテルの敷地沿いに右に曲がった。広い通りに出ると立ちどまった。タクシーを拾うらしかった。

道原は、男を尾《つ》けていた車から降り、

「代々木さんですね?」

と呼びかけた。

男は振り返ったが、ぎょっとなったような目をした。タクシーが寄ってきた。男はタクシーのシートにバッグを放り込み、乗り込んだ。

道原は、中央署員の運転する車に駆け込んだ。三つ目の信号で男の乗ったタクシーに追いついた。助手席から伏見が、タクシー運転手に手帳を見せた。タクシーは左端に寄った。男は降りると、バッグを抱えて走り出した。

伏見と若い署員が、一〇〇メートルぐらい追いかけたところで、男を捕まえた。

男を車に押し込んで、中央署へ連行した。

男はやはり代々木稔だった。彼はホテルで赤堂和子と会っていたことを認めた。

「さっきはなぜ逃げたんだ？」

取調室で道原はきいた。

代々木は、三十分ばかり口を利かなかったが、道原の追及に、「殺《や》られると思ったからです」と答えた。穏やかでない言葉だった。

「殺られるとは、誰に？」

「彼女にです」

「赤堂和子さんのことか？」

「そうです」

「彼女に消される覚えがあるんだな？」

彼は小さくうなずいたが、またしばらく黙っていた。

ホテルを出てタクシーを拾える通りに出たところを道原に呼びとめられた。それを見て代々木は、刑事だと思わず、和子の回し者が拉致《らち》しようと近づいてきたものと判断し、それでタクシーに乗って逃げようとしたらしい。

「赤堂和子に頼まれてなにかやった。それをタネに彼女を強請《ゆす》っていた。そうだろう?」

代々木は横を向いた。刑事に図星をさされたという表情だった。彼には犯罪の前歴がある。だから簡単には自白しないだろうと道原は踏んだ。

道原は署の刑事と協議した。代々木がなにを隠しているかをずばりと切り込めば、彼は観念して吐くだろうと話し合った。

南署の刑事を呼んだ。一昨年九月に定山渓近くの国道で発生した仁科利一郎の死亡事故を検討した。それは仁科の単独事故として処理されたが、対向車がセンターラインを割って突進してきたので、仁科はハンドルを左に切り、ガードレールに激突し、そのはずみで谷に転落した。彼には赤堂和子を受取人にした生命保険がかけられていた。彼女は仁科から五千万円の借金をしていた。これらのデータから、和子が誰かを使って、仁科にハンドル操作をあやまらせた可能性があった。なぜなら和子は、定山渓のホテルで仁科がやってくるのを待っていた。彼が何時ごろホテルに到着するかを知っていた女である。

南署の刑事が取調室に入った。一昨年九月、仁科が死亡した日のアリバイを代々木にきいた。口調は穏やかだが、刑事の目は、納得のいくことを答えないかぎり、ここから出さないといっていた。

その追及を始めて二時間後、代々木は首を垂れた。

国道二三〇号の定山渓寄りで、仁科の運転するベンツが走ってきたのを確認し、八〇メートルぐらい接近したところでハンドルを右に切った。またたく間に仁科の車がガードレールに激突する音を後方できいた。代々木はそのまま車を飛ばして逃走した。

彼は和子から成功報酬を受取った。

彼は妻と一緒に商売をつづけているが、その収益はあまりに細かった。二、三か月に一度は札幌へきて和子を抱き、五十万から百万円の小遣いをもらっていた。

今回も百万円強請《ゆす》り取り、バッグに放り込んだ。和子のことを、人を殺させた女だから油断はできないと、いつも身構えていた。きょうの昼間、ホテルを出たところを呼びとめられたときは、てっきり彼女が差し向けたヒットマンだと思ったと自供した。

道原と伏見は椅子を立った。午後八時になっていた。

和子のマンションの部屋を訪ねたが、応答がない。電話を掛けたが、不在なのか呼び出し音が虚《むな》しく鳴りつづけるだけだった。

「クラブ・夕霧」へ行っているのではないかという、伏見の思いつきにしたがうことにした。

「クラブ・夕霧」のドアは暗い赤紫色だった。この色を見て道原は、和子の好みだろうと想像した。

ママの西口玲子が出てきて、和子はきていると、不安げな目をしていった。

5

小麦の種のような艶のある和服に緑色の帯を締めた赤堂和子と、道原は中央署の取調室で向かい合った。

「あんたは、五代和平さんとは東京を離れて以来、会っていないといった。彼が新宿・歌舞伎町で殺されたことも知らないと、私たちの質問に答えた。だが彼は、ススキノの『カリオカ』で働くようになったあんたを追うようにして、何度も札幌へやってきていた。彼が札幌で常宿にしていたホテルも、私たちは突きとめた」

なぜ五代との親密な交際を隠したのかと、道原はきいた。

今夜の和子は、眉も目の縁も唇も濃く描いていた。

「五代さんが、あんな亡くなり方をしたので、わたしとのことをあれこれさぐられたくなかったものですから」

彼女はハンカチを額に当てた。目の動きを刑事に読み取られまいとしたようにも受け取れた。

「さぐられたくないあれこれとは、なんですか？」

「男と女のことですから、それはいろいろと……」

彼女は表情を動かさずにいった。

「五代さんの事件は、何日間も新聞に載ったはずです。それを知らないというのは不自然だったし、二人の間柄を知られてはまずいことがあるのだと、私たちは直感した。……あんたは、五代さんだけではない。富塚信三さんとも、深堀志朗さんとも交際していて、三人とも札幌へきていた。その三人が殺されたり変死した顚末《てんまつ》を、すべて知っていますね？」

「知りません」

彼女は物に蓋《ふた》をするような答え方をした。

容易に口を開きそうもない彼女を、道原はしばらく観察した。

気持ちの揺らぎが手の動きに現われ始めたのは、小一時間経過してからだった。

それを見た道原は、滝と仁科との関係に切り込んだ。仁科は死んだが、滝は健在だ。隠しても逃げきれないと観念してか、クラブの開店に当たって資金を援助してもらったし、精神的な支えになってもらった人たちだと答えた。表向きの筋の通った答えだった。

それをきくと道原は、仁科に借りた五千万円と同額の生命保険を彼に掛け、それを死亡後受け取ると返済した件に触れると、さすがに動揺を表わした。

代々木稔を使って、仁科を交通事故に見せかけて殺したことを追及すると、ハンカチを握った手を震わせた。化粧では隠しきれない目尻《めじり》の小皺《こじわ》が、深くなった。代々木が捕まったのを、彼女は想像していなかったようである。

彼女は仁科殺しを認めた。

中央署の刑事は南署に連絡した。取調室の外はにわかに騒がしくなった。

「去年の十一月、あんたは滝さんから借りていた五千万円を一度に返済している。店で儲けた金なら何度かに分けて返しそうなものだが、まとめて返したということは、一挙に大金を手に入れたらしい。これは保険金だろうね？」

彼女はこの期《ご》におよんでも曖昧《あいまい》な首の動かし方をした。どう話すべきかを迷っているようでもあった。

それはきれいな着物を着ているからではないか。正装を解き、化粧を落として素顔になれば、自分のからだを飾った話し方をしようなどと迷うことはないのではないか。

道原は、普段着を差し入れてもらえる人はいないかときいた。

彼女はややうつ向いて瞳《ひとみ》を動かしていた。八戸市にいる母を名指すのかと思ったが、これはできないらしく、襟元に手を当てると、西口玲子に知らせてもらいたいと、急に気弱になったようにかすれ声でいった。

取調べが再開されたのは翌朝だった。婦人警官に支えられるようにして取調室へ入ってきた和子は、黒いセーターに灰色のズボン姿だった。顔のどこにも手を加えた跡がなかった。

——六本木の「クラブ・桐子」にいる和子のことを、「好きだ、好きだ」といって深堀は通ってきていた。妻がいるのに向こう見ずな男だと思った。ホステスを軽く見ているようでもあった。ススキノへ移った和子を、彼は追うようにしてやってきた。

彼に資力のないのを彼女はとうに見抜いていた。「ほんとうにわたしが好き？」ときくと、彼は、「本気だ」といった。本気で惚れている男は利用価値があった。彼女はからだを与えた。彼はそれを望んでいたくせに、「夢のようだ」とベッドの上でいった。

彼女は、「あなたの愛人でいい」といった。札幌へきて一年ほどたったとき、「あなたに万が一のことがあったら、わたしは支えを失うわ」と持ちかけた。話は進んで、彼女を受取人にして、彼は七千万円の生命保険に加入した。契約は札幌で行った。約三年間、彼が札幌の銀行に設けた口座に保険料を振り込んでいた。

深堀と同じく東京で知り合った富塚も彼女に会いに札幌へやってきた。富塚は深堀と違って気が強く、いざというとき一肌脱いでくれそうなところがあった。彼女は彼を利用する機会を待っていた。

去年の春、深堀がうるさくつきまとうことを、富塚に話した。二人はかつて不動産会社で同僚だった仲であり、個人的にも親交があるという話をきいていた。

深堀の名をきいて富塚は嫉妬《しっと》した。「あなた、わたしのためならなんでもするっていってくれたわね」彼に抱かれながら彼女はいった。

「あんたのためなら、命をかけてもいいと思っている」彼は額に汗を光らせていった。

彼女は、「わたしを守るために、深堀さんをこの世から消して」といった。

さすがに彼の顔色は変わった。冷たくなった汗を拭《ふ》くと、「殺《や》る」といった。

いい方法があるかときくと、登山中に殺れば遭難ということになる。他殺であることは絶対にバレない、と自信ありげだった。

それから約一か月が経過した。六月初め、深堀が山に登ることが分かったと、富塚は連絡してきた。が、彼女には懸念があった。富塚は深堀の登山を尾行して、断崖《だんがい》のようなところから突き落とすのではないか。それは人に見られない場所でやるだろうから、深堀は行方不明ということになる。生死が不明だと保険金が支払われないのではないかと心配になった。それでどういうところで殺るのかと彼女はきいた。

富塚は、「登山基地で深堀と偶然会ったように見せかけ、一緒に登る。北アルプスでも一、二の難所といわれている谷を遡行《そこう》する。途中で谷に突き落とすのだが、あそこを登っていたら死んでもそう不思議ではないと誰もが思うはずだ」といった。

「そんなところで突き落としたら、死んだかどうか分からないんじゃないの？」ときくと、「まったく登山者が入らない谷じゃない。すぐには見つからないだろうが、雪解け水に流されてきて、やがて発見される。そのときには、彼のからだはおそらくバラバラになっていることだろう」といった。

富塚から、計画どおり山中で深堀を殺ったという連絡を受けてから、彼女は毎日、新聞を隅々まで見ていたが、深堀の遺体が発見されたという記事は載らなかった。富塚は深堀を消すことができなかったのではないかという疑問すら湧《わ》いた。が、約一か月後の新聞に、北アルプスで、かなり日数のたっている男の遺体が発見されたという記事が載り、次の日、その遺体が深堀と確認されたという記事が出ていた。

深堀に掛けた保険金が支払われたのは三か月後だった。受け取った七千万円のうち五千万円を滝に返済した。彼はときどき電話を掛けてよこし、返済を迫っていた。だから彼には金を返しておかないと、あとがうるさいと思った。それと、借金の担保にした由良公造の「爆裂火口」は手元に置いておきたかった。その絵には画家の魂が乗り移っているような気がしていたからだった。

去年の十月、富塚からの連絡が跡絶えた。彼には会いたくないし、差し迫った用事もなかったが、札幌へやってきたら深堀を消してくれたねぎらいの意味を込めて、二晩ぐらいつづけて抱かれてやろうと考えていたのである。

たしか深堀の保険金が銀行に振り込まれた日だった。五代が、「これから札幌へ行く」と電話をよこした。彼とは富塚や深堀よりも前からの付合いだった。豪放磊落《ごうほうらいらく》で気前もよく、東京にいるころ、和子のほうから好きになって抱かれた数少ない男の一人だった。

「急に家を一軒建ててくれといわれても困るが、着物ぐらいならいつでも」といって、年に二着は作ってくれた。彼女がススキノへ移った直後、花束を持って「カリオカ」へきてくれた男だ。

彼は彼女に対して、「好きだ」とか、「命をかけてでも」などとは一度もいったことがなかった。

去年の十月下旬、札幌へ現われた五代は、常宿のセンチュリーホテルへ彼女を呼びつけると、「富塚を使って、深堀を殺したのは、なぜだ?」

と、摑みかかるようにいった。

彼女は、「なんということをいうの」とシラを切った。

「おれはお前のおかげで、富塚を殺《や》ってしまった」と彼はいった。

そのとき五代はこう話した。「深堀の遭難が信じられなくて、ずっと考えていたが、彼が山へ行ったとき富塚が東京にいなかったことが分かった。深堀も富塚もお前にメロメロになって通っていたことをとうに知っていた。それらのことをつなぎ合わすと、富塚が深堀を殺ったという結論が出た。それでおれは信州・松本のホテルへ富塚を呼びつけて追及した。すると彼は吐いた。お前に殺れといわれたとだ。いくら好きな女に頼まれたからといって、友だちを殺すなんて許せなかった。おれはやつを殴った。お前腹を蹴《け》ると、やつは血を吐いて死んでしまった。おれは人殺しをしてしまった。お前もだ。もう顔を合わすのはやめだ」

五代はそういって、ホテルの部屋から和子を追い出した。

和子はこの世に危険な人間を二人作ってしまった。一人は代々木、一人は五代だった。

代々木に五代を始末させようかと考えたこともあったが、荷が重過ぎるように思われた。成功してもあとから難題を吹っかけてきたり、強請りをつづけそうだった。

彼女は、自分で五代をこの世から抹殺することを決め、上京した。それがこどもの日だった。

外出する五代を自宅から尾《つ》けた。彼は新宿・歌舞伎町のバーで飲み始めた。とことん酔わないと家に帰らない男だった。バーをはしごし、足をふらつかせて歩く彼をそっと追った。なんだか破れかぶれになって飲んでいるようだった。ラブホテルのあいだの工事現場にさしかかったところを体当たりを食わせた。よろけた彼は、張ってあるシートの中へ転がり込んだ。彼女はナイフを隠し持っていたが、転がっている鉄パイプを見て、ナイフを出さなかった。

しゃがみ込んで、訳の分からないことをいっている彼の頭に、鉄パイプを振り下ろした。二、三回殴ると、彼は頭を抱えて動かなくなった。彼の上着の内ポケットに手を入れ、ノートや、財布や、名刺入れ、そして家の鍵を抜き取った。彼女の住所や電話番号が控えてあるに違いないからだった。

気を失ったものと思っていたのに、五代は急に酔が覚めたようにわめきながら、工事現場から道路へ這《は》い出して行った。彼女は彼を二、三〇メートル追った。と、その先に交番の赤い灯が見えた——

赤堂和子の全面自供が新聞に大きく載った四日後、道原は新聞の社会面左隅の写真入りの死亡記事に目を吸われた。〔日本画壇の重鎮　由良公造氏死去〕とあり、氏の経歴が詳しく書かれていた。

その三か月後、東京・銀座の画廊・塊画堂のウインドーに、由良公造の代表作「爆裂火口」が飾られた。道ゆく人はその絵を見て足をとめた。だが、その絵の数奇な運命を知る人は少なかった。

一九九八年一月　桃園新書刊
二〇〇一年二月　徳間文庫刊

本作品はフィクションであり、実在の個人・団体とは一切関係がありません。
（編集部）

実業之日本社文庫　最新刊

七尾与史
歯科女探偵
スタッフ全員が女性のデンタルオフィスで働く美人歯科医＆衛生士が、日常の謎や殺人事件に挑む。現役医師が描く歯科医療ミステリー。（解説・関根亨）
な41

西村京太郎
十津川警部　八月十四日夜の殺人
十年ごとに起きる「八月十五日の殺人」の真相とは！　謎を解く鍵は終戦記念日にある？　知られざる歴史の闇に十津川警部が挑む！（解説・郷原 宏）
に116

南 英男
特命警部　札束
多摩川河川敷のホームレス殺人の裏で謎の大金が動いていた——事件に隠された陰謀とは⁉　覆面刑事が闇に葬られた弱者を弔い巨悪を叩くシリーズ最終巻。

み77

森 詠
遠野魔斬剣　走れ、半兵衛〈四〉
神々や魔物が棲む遠野郷で若い娘が大量失踪。半兵衛と同じ流派の酔剣を遣う天狗が悪行を重ねているらしい。天狗退治のため遠野へ向かった半兵衛の運命は⁉

も64

芥川龍之介、谷崎潤一郎ほか／末國善己編
文豪エロティカル
文豪の独創的な表現が、想像力をかきたてる。川端康成、太宰治、坂口安吾など、近代文学の流れを作った十人の文豪によるエロティカル小説集。五感を刺激！

ん42

実業之日本社文庫　好評既刊

実業之日本社文庫　好評既刊

赤川次郎
許されざる花嫁
長年連れ添った妻が、別の男と結婚する。新しい夫には良からぬ噂があるようで…。表題作のほか1編を収録した花嫁シリーズ！（解説・香山二三郎）
あ16

赤川次郎
死者におくる入院案内
殺して、隠して、騙して、消して――悪は死んでも治らない？「名医」赤川次郎がおくる、劇薬級ブラックユーモア！傑作ミステリ短編集。（解説・杉江松恋）
あ18

赤川次郎
恋愛届を忘れずに
憧れの上司から託された重要書類がまさかの盗難！新人OL・恭子は奪還を試みるのだけれど――。名手がおくる痛快ブラックユーモアミステリー。

あ110

赤川次郎
花嫁は墓地に住む
不倫カップルが目撃した「ウエディングドレス姿の幽霊」の話を発端に、一億円を巡る大混乱が巻き起こる!? 大人気シリーズ最新刊。（解説・青木千恵）
あ111

赤川次郎
忙しい花嫁
この「花嫁」は本物じゃない…謎の言葉を残した花婿がハネムーン先で失踪。日本でも謎の殺人が!?　超ロングランシリーズの大原点！（解説・郷原 宏）
あ112

相場英雄
偽金　フェイクマネー
リストラ男とアラサー女、史上最強の大逆転劇！〈偽金〉を追いかけるふたりの陰で、現代ヤクザが暗躍――。極上エンタメ小説！（解説・田口幹人）
あ91

実業之日本社文庫　好評既刊

東野圭吾
白銀ジャック
ゲレンデの下に爆弾が埋まっている――圧倒的な疾走感で読者を翻弄する、痛快サスペンス！　発売直後に100万部突破の、いきなり文庫化作品。
ひ11

東野圭吾
疾風ロンド
生物兵器を雪山に埋めた犯人からの手がかりは、スキー場らしき場所で撮られたテディベアの写真のみ。ラスト1頁まで気が抜けない娯楽快作、文庫書き下ろし！
ひ12

東野圭吾
雪煙チェイス
殺人の容疑をかけられた青年が、アリバイを証明できる唯一の人物――謎の美人スノーボーダーを追う。どんでん返し連続の痛快ノンストップ・ミステリー！
ひ13

睦月影郎
淫ら上司　スポーツクラブは汗まみれ
超官能シリーズ第1弾！　断トツ人気作家が描く爽快エロス。スポーツジムの更衣室やプールで、上司や人妻など美女たちと……。
む21

睦月影郎
淫ら歯医者
新規開業した女性患者専用クリニックには、なぜか美女が集まる。可憐な歯科衛生士、巨乳の未亡人、アイドル美少女まで。著者初の歯医者官能、書き下ろし!!
む25

池波正太郎・森村誠一　ほか／末國善己編
血闘！　新選組
江戸・試衛館時代から池田屋騒動など激闘の壬生時代、箱館戦争、生き残った隊士のその後まで「誠」を背負った男たちの生きざま！　傑作歴史・時代小説集。
ん27

実業之日本社文庫 あ311

爆裂火口《ばくれつかこう》　東京《とうきょう》・上高地殺人《かみこうちさつじん》ルート

2017年8月15日　初版第1刷発行

著　者　梓《あずさ》 林太郎《りんたろう》

発行者　岩野裕一
発行所　株式会社実業之日本社
〒153-0044　東京都目黒区大橋 1-5-1
クロスエアタワー 8 階
電話 [編集]03(6809)0473 [販売]03(6809)0495
ホームページ http://www.j-n.co.jp/
印刷所　大日本印刷株式会社
製本所　大日本印刷株式会社

フォーマットデザイン　鈴木正道(Suzuki Design)

ISBN978-4-408-55374-0（第二文芸）